文春文庫

落日の轍《わだち》

小説日産自動車

高杉良

目次

落日の轍《わだち》

小説日産自動車

第一章　暑い夏の終り

1

八月三十日が近づくと、日産自動車の社長、石原俊《たかし》（七十一歳）は憂鬱《ゆううつ》になる。今年はとくにその思いが強い。この日は日産自動車労働組合の創立記念日に当たる。例年、石原は記念総会に招かれ、経営側を代表して祝辞を述べるならわしだ。

記念総会の挨拶《あいさつ》で、塩路が経営批判をするようになったのは三、四年前からであろうか。

塩路一郎。五十六歳。いうまでもなく自動車労連（日本自動車産業労働組合連合会）の会長として、日産自動車を中心に関連会社を含めたいわゆる〝日産圏〟二十三万人の組合員の頂点に立ち、自動車会社の労組を網羅した自動車総連の会長でもある。〝塩路天皇〟を自他共に認め、畏怖されていることを誇りとし、二十年余にわたって日産労組のリーダーとして君臨しつづけてきた。

自動車労連は、日産自動車と関連部品メーカー、関連販売会社などで構成されている。

自動車労連に匹敵するトヨタ自動車グループの連合体が全トヨタ労連であり、いずれも自動車総連の傘下に入っている。

石原のもとへ日産労組から招待状が届いたのは、四日前の二十六日だが、昭和五十八年は三十周年に当たるため「川又克二会長も特に挨拶することになったそうです」と、秘書室次長の木島孝蔵から聞いたとき、「それなら僕は出席しなくてもいいんじゃないか」と、ほっとした顔でいったものだ。

木島は、昭和三十五年の入社組で四十六歳。五十二年の七月に、石原が社長に就任して以来、ずっと石原につかえてきた。日産マンの中で石原の気持を最も正確につかむことのできる男といえる。できたら欠席したい、という石原の気持は痛いほどよくわかるし、同調を求めていることも理解できるが、肯定するわけにはいかないことは百も承知だ。

「そういうわけにはまいりませんでしょう。社長の祝辞は恒例になってますから」

「うむ……」

石原もそれはわかっている。

「組合の創立記念日は、全社員が会社を休むことが慣行化している。総会はお祝いの会じゃないのかね。おめでとうと祝辞を述べているそばから、経営批判をやるというのはおかしくないか。それにひとりだけ延々と演説をぶつというのもバランスを欠いている」

石原の声が知らず知らずのうちに声高になっている。ふつうでも迫力のある野太い声なのに、不快感を伴っているから、聞いているほうは眼を瞑《つぶ》りたくなるほど気《け》圧《お》される。いくら慣れているといっても、ずしんと肺腑に響いてくる。加えてあのつら構え、つら魂《だましい》だ。石原の前に出て風圧を感じない社員は六万人の日産マンの中で一人としていまい。

一メートル七十八センチの上背と八十二キロのがっしりした骨太な体軀《たいく》は、黙って坐っているだけでも威風あたりを払う趣がある。

「おっしゃるとおりです。人事と相談して、社長のご意向を組合に伝えます」

「お祝いならお祝いらしくやろうといってくれ。いままでのようなやり方なら、僕は出ないよ」

川又克二（現会長）の社長時代、下って岩越忠恕《ただひろ》の社長時代ならホットラインで労使のトップが直接対話できたであろうが、いまの石原と塩路が電話でじかに話をするなど考えられない。つまり、石原の意向なり塩路の意向が相互にストレートに伝わらずに、屈折したり増幅されたり、ニュアンスを弱めて伝えられることは往々にしてあり得る。

たったこれだけのことでも何人かの人間が両者の間に介在する。それが塩路の意向を体してのものかどうか、石原は知る由もないが、「十分配慮する。挨拶の所要時間は、石原と浅野（耕平、日産労組組合長）が十分、川又と塩路は二十分としたい」との回答がもたらされ、それを受けて石原が総会出席の返事をしたのは前日、すなわち八月二十九日の夜である。

総会の当日、会場の日本武道館で八千三百人の総会参加者に配るプログラムが印刷されたのは二十九日の深夜であった。

石原が労組の総会の在り方に拘泥するなどかつてなかったことだ。去年も一昨年《おととし》も、その前の年も、石原はたんたんと祝辞を読みあげ、塩路や浅野の経営批判を眉一つ動かさずに聞いてきた。

それは、経営批判というようななまやさしいものではない。婉曲《えんきょく》であれ、あてこすりであれ、石原を名指しでヤリ玉にあげているのとなんら変らない。たとえば創立二十九周年記念総会の総会宣言の中で、

「今、わが国自動車産業は、世界との関係で、政策や行動を根底から洗い直さなければならない重要かつ困難な時期にある。その中にあって、とくに日産は、企業の

消長にかかわるような問題をかかえて重大な岐路に立っている。われわれが毎年、創立記念総会をもつゆえんは、労使の協力関係こそが企業を発展させる原動力であるという経験を確認することにある。もし、その歴史を否定しようとするものがあれば、われわれは職場を守るために、断固たる行動をとらざるをえない」

というくだりがある。日産労組というより塩路の眼から見れば、〝歴史を否定しようとしている〟のは石原俊にほかならない。また、〝企業の消長にかかわる問題〟が、英国進出問題を特定していることは自明である。

塩路と浅野が記者会見する、というニュースが石原の耳に入ったのは八月十八日の昼前である。広報室に、新聞記者から連絡があったのだが、記者会見の時間は労働省の記者クラブが三時、経団連の記者クラブが四時だという。塩路が日産の英国進出に反対していたことはつとに知られているが、記者会見までして反対表明を行うとなると尋常ではない。

その記者は、塩路の記者会見後、石原に会いたいと申し入れてきたのである。

「莫迦《ばか》な！　いったいなにを考えてるんだ！」

広報室長の草野忠男の報告を受けて、石原は激怒した。その声は、廊下を隔てた秘書室にも届き、社長付きの二人の女性秘書は顔を見合わせている。

「こんなことが常識で考えられるかね……」

さすがにきまりが悪くなったとみえ、石原の声が低くなった。

「内々《うちうち》の話ではないか。会社の最終方針が決まってもいないのに、企業内組合のリーダーが記者会見して、反対を表明するなんてことがあっていいのかね」

「そう思います。事前に相談があるなり、打診があれば、なんとか手が打てたと思いますが、抜き打ち的なことですから、どうしようもありません」

「いまさら止めるわけにもいかんだろう」

「それで、新聞記者の皆さんが社長にインタビューを求めてくることが予想されますが……」

「投げられた石を投げ返すようなことはできないな。もともと内輪のもめごとを、記者会見で発表するという発想がおかしいんだ。僕が記者会見などしたら、世間のもの笑いのタネにされるよ」

「わかりました」

草野が社長執務室から退室したあと、石原は食事を摂《と》る気にもなれず、しばらくソファでぼんやりしていた。

日産自動車の社長執務室は、東銀座の新館ビル十四階にある。約四十坪の広さで、奥にデスクがあり、普段は背もたれの高い黒革の椅子に坐って、石原は書類に眼を通す。小会議用の楕円形のテーブルのまわりに八脚のソファが据えてある。

毎週水曜日の十時には、金尾嘉一、横山能久、内山良正、久米豊の四人の副社長がこの円卓に顔をそろえる。社長—副社長連絡会が開かれるようになって二年ほどになるが、会議に疲れると、ふと壁の油絵に眼を向ける。中川一政画伯の三十号の静物画で菊を描いたものだ。

石原はソファから静物画のほうに、遠くを見るような眼を向けた。塩路の顔が頭の中をよぎる——。


小牧正幸の退任を決めたときに、塩路が血相を変えて、面会を求めてきたことがあった。塩路との間に決定的な亀裂が生じたのは、あのときだった、と石原は思う。

小牧は、昭和十三年の入社だから石原より一年後輩だが、岩越の社長時代に副社長に抜擢《ばってき》された。人事、労務畑が長く、塩路にとって盟友であり、ポスト岩越の最右翼とみられた時期もあった。

つまり、岩越の次の石原を飛び越えて小牧が社長になってもおかしくない情勢があったということになるが、それほど小牧は塩路・労組から支援されていた。

塩路にしてみれば、川又が石原を社長に指名したことは仕方がないとしても、次は小牧という読みがあったのではなかろうか。小牧体制を実現することによって、再びかつての〝岩越―塩路〟にみられた労使蜜月時代を取り戻すことができるかもしれない――。塩路が顔色を変えて乗り込んできた事実を考えると、塩路の頭の中に小牧待望論が芽ばえていたとみるのがむしろ自然であろう。

五十三年の日産の国内販売自動車は百十四万四百台でシェアは二八・八パーセントに低下した。四十一年にプリンス自動車を吸収合併して二九・七パーセントのシェアを確保して以降は三〇パーセントをキープしてきたのに、三〇パーセントの大台を割ってしまったのだから、石原ら首脳陣のショックは小さくなかった。

石原が、五十四年一月に管理職の三分の一を動かす大人事異動を断行した最大の狙いは、輸出を含めた販売力の強化にあった。国内販売の責任者は小牧だが、小牧更迭のハラを固めたのもこの時期である。

小牧が塩路に泣きを入れたのか、別のルートで聞き及んだのか分明ではないが、塩路がおっとり刀で当時旧館の十二階Aにあった社長応接室に乗り込んできたとき、石原は不快感をあらわにした。重大な経営権の侵害ととったのである。

「小牧さんが退任するというのは事実ですか」

塩路はつとめてやわらかく切り出したつもりだが、顔がこわばっている。

「相変らず早耳だなあ」

石原は、皮肉をこめて肯定した。

「小牧さんは、二十八年の大争議以来、日産のために躰を張って頑張ってきた人です」

「だからこそ、副社長にまでなれたんじゃないのかね。もって瞑《めい》すべしという心境になれないものかねえ」

「小牧さんのシェアアップ案は傾聴に価します。販売店の窮状を救うことが急務であり、販売店の採算重視の政策を打ち出すべきだとする考え方は理解できるし、そのためには資金援助すべきなんです」

「ご意見はご意見として承っておく」

「いま小牧さんを外すことは販売部門の士気に影響しませんか」

「見解の相違だね。それに小牧君がディーラーからそっぽを向かれていることをご存じかな。そこのところもよく調べてもらいたいなあ。感情的にならずに冷静に見てくれないか」

「小牧さんの退任を撤回してもらえませんか。そうしていただけたら、組合としてもあなたに全面的に協力できるんですがねえ」

塩路は、思い入れたっぷりに上眼づかいに石原をとらえた。

「できないな。きみになんと言われようと、わたしの考えは変らない。はっきり言わせてもらうが、きみから、こんなさしでがましいことを言われるとは想像だにしなかった。組合に反対されたら、なんにもできなくなる、というようなことがあっては、経営はできないし、経営責任は果たせない」

石原は、怒りに燃える眼で、塩路を鋭くとらえた。

塩路がそれに負けまいとするように石原を見返して、頬をふるわせながら言った。

「わたしは会社を思い、石原社長のためを思って、よかれと考えていろいろ意見を申しあげてきました。それでもあなたは耳を貸そうとしない。会社のためになることなら、いくら憎まれても、自分だけ我慢すればすむことだからと思って、いろいろ言ってきたつもりですが、聞いてもらえないんじゃ仕方がないですね。自今一切、あなたに協力することはできません」

「けっこうだ。しようがないな」

「わたしがいまどんな気持で話をしているかおわかりいただけますか」

「………」

「あなたは平気で人を裏切る人です」

「きみにそんないいがかりみたいなことをいわれる覚えはないね。わたしはこれまで人さまを裏切るようなことをしたことはない」

「社長は、自分の失政を隠蔽《いんぺい》するために部下に責任を転嫁しようとしてるんですよ。そんな人にどうして協力する気が起きますか。お手並み拝見といきたいですね」

最後は捨てぜりふのようなことになった。塩路は唇を嚙みしめ、眼をつりあげて、席を蹴立てるように退室した。これほど屈辱的な気持になったことはない。川又も、岩越も役員人事について事前に耳うちしてくれた。事を決する前に意見を聞きたいと、相談もしてくれた。小牧と俺の関係を承知で、小牧を馘《き》ろうとしている石原を赦せないと塩路は思い、石原は石原で役員人事にまで首をつっこんでくるとはなんとふざけた男だ、どこまで増長すれば気が済むのか、と怒り心頭に発していた。

2

自動車労連の事務局長の清水春樹が副社長の横山能久を訪ねてきたのは八月十八日の午後二時半である。清水は、労連内で塩路に次ぐナンバー2といわれている。三十二年の大学卒入社で、塩路の女房役に徹してきたが、最近、糖尿病を患ってひところほど元気がない。日産労組常任委員会および自動車労連中央執行委員会の合同会議で、日産自動車の英国工場進出計画の中止を会社側に求める決議をしたので、この旨申し入れます、と清水は切り口上で述べ、文書を提出した。

自動車労連・日産労組名で二つの記者クラブに配布されたプレスリリースの内容は次のようなものであった。

〔日産の英国工場進出計画に対するわれわれの態度〕

一九八三年八月十八日
自動車労連・日産労組

日産自動車が英国に乗用車工場（最終目標・年産二十万台、国産化率八〇パーセント）を建設するためのフィージビリティー・スタディー（FS、企業化事前調査）の開始を発表してから二年半以上が経過した。

この間、自動車労連・日産労組は、進出計画の内容、英国政府との折衝経過、採算見通し、それが日産および関連企業に与える影響等について会社に説明を求めてきた。また、組合としても、現地調査を含む調査検討を行い、問題点を整理して、これに対する会社の見解をただしてきた。

しかしながら、会社からは、具体的な回答が得られないまま今日に至っている。ところが、諸般の情勢から、この問題について結論を出す時期が迫っているように思われるので、組合は、八月十七～十八日に、日産労組常任委員会および自動車労連中央執行委員会の合同会議を開催し、本問題に対する組合としての態度を討議、決定し、本日（十八日）それを会社（日産自動車）に申し入れた。

われわれ組合は、早くから、日本の自動車企業が海外で生産活動を行うことを主張してきた。それは、日本の自動車産業としての国際協力の必要性を、痛感しているからであり、この考え方は現在も変っていない。

従って、われわれは、日本の自動車企業が、英国自動車産業の再建に協力することに反対するものではなく、むしろその重要性を十分理解している。

しかしながら、日産の英国工場進出計画は、そのための有効適切な方法であると考えることはできない。なぜなら、次のような重大な問題点をもっているからである。従って、日産グループの将来のために、この計画は取り止めるべきであり、その方向で会社として速やかに善処するよう申し入れたものである。

〈主な問題点〉（要旨）

一、英国に工場をつくっても、長期にわたって大幅な赤字を覚悟せざるを得ない。

二、日産は国内販売の占有率の低下が数年間続いており、販売会社の経営も著しく悪化している。日産にとって、当面する最大の課題は、その建て直しである。

三、英国での生産が、日本から英国およびＥＣへの完成車輸出の減少をもたらすおそれが十分にある。

四、日産の英国進出問題は、早くから政治問題化しているが、最近とくに英国政府の政治的圧力が異常に強まっている。また、日本政府が英国政府の意を体して、この問題に介入する動きがあり、これを看過するわけにはいかない。

なお、われわれは、これを会社に申し入れるにあたり、日産自動車およびその関連企業の将来と、そこに働く者の雇用と生活に重大な影響を与える英国進出問題について、組合との事前協議と合意がないままに、会社が事を進めるならば、組合としては重大な決意をもって、それに対処せざるを得ないことを、あわせて伝えた。

以上

大手町の経団連で行われた記者会見で、塩路は五月にコータッチ駐日英国大使と会った経緯を得々として話している。コータッチ大使は、サッチャー首相の命を受けて、英国進出に反対している塩路にアプローチしてきたとみていいが、記者会見の中で塩路は、

「英国の自動車会社ＢＬ（ブリティッシュ・レイランド）との共同生産かＢＬの建

家、工場敷地を利用して日産がラインを敷いて乗用車を生産するかたちなら、日産にとってリスクが少ないので賛成できる」

　と発言したことを明らかにした。

　この日はいつもよりやけに饒舌《じょうぜつ》で、並いる新聞記者たちを啞然《あぜん》とさせた。一週間ほど前、塩路と個別に会い、

「石原が経営責任をとるべきなのに、責任を転嫁し、大竹専務（現東京日産自動車販売会長）らのクビを馘った」

「石原の人間性を疑う。平気で人を裏切り、嘘をつく」

「国内のシェア低下は、石原が無能だから当然だ」

「このまま放置しておけば、悲劇の日産になってしまう。英国進出には断固反対する」

　と聞かされたある記者は、そのとき、これが企業内組合のリーダーの言葉かとわが耳を疑ったが、若干トーンダウンしているとはいえ、塩路は記者会見という公的な場でほとんど同じ言葉の弾丸を、石原に向かって投げつけたのである。

「塩路はすこしやり過ぎじゃないか」

「やり過ぎなんてもんじゃない。どうかしているとしか思えない」

　多くの経済記者たちは、記者会見のあとで囁《ささや》き合ったが、経済界、産業界でも総

じて、この日の記者会見は不評だった。

たしかに塩路ほど利口な男が何故——という疑問が残る。これについては、川又—石原の急接近が塩路をして危機感を増幅させ、労組から見て英国進出問題がいかにリスキィなものであるかを世間にアピールした、とする見方が経済記者の間では強い。

記者会見すべきか否かについて塩路は悩みに悩んだが、親しい記者の示唆で踏み切ったとする噂もある。

「塩路がわめけばわめくほど、笑いが止まらないのはトヨタだろう。あれじゃあ石原君が気の毒だ」と石原と親しい財界首脳をして言わしめたほどだが、塩路は記者の質問に答えて、

「英国政府に知らしめるのが最大の目的だ。それに英国進出問題で労使の協議が膠《こう》着《ちゃく》状態になっているので変化させたかった」

と語っている。

日産自動車の広報室が経団連の記者クラブの求めに応じて、石原社長の談話を発表したのは、その日の午後五時であった。

その内容は「英国進出について、会社は従来から日産自動車労組と協議を重ねて

きており、いま、なにゆえ組合が改めてこのような発表をしたのか真意を測りかねている。会社は英国進出について、現在も慎重な検討を続けているが、結論を出すにはいたっていない。また、組合のこの申し入れを会社は受け取ったばかりでもあり、内容についてはコメントする段階ではない」というものである。

このところ、石原は川又とひんぱんに会っている。

両者が犬猿の仲という見方はあたっていない。英国進出問題では意見を異にしたが、石原は十五階の会長室へ何度となく足を運び、ねばり強く意見調整をつづけてきた。

両者間のコンセンサスは得られているとみてさしつかえあるまい。もちろん〝ゴー〟である。

塩路の記者会見については、川又も苦々しく思っていた。

「塩路君は少し、いい気になってるな。記者会見してまで反対論をぶつなんて暴走だよ。恥晒《さら》しもいいところだ。きみ、事前に聞いてなかったのかね」

「ええ。抜き打ち的にやられてしまったんです。中央経営協議会（労使の事前協議の場）でよく話し合おうといっていた矢先でした。先生がなにを考えてあんなことをやったのか、さっぱりわかりません」

「英国進出には、わたしも基本的には反対だ。塩路君もリスキィだと考えてるんだろう。しかし、話し合えば気持が変ることはありうるし、わたしも絶対反対にいつまでも固執してるわけじゃない。きみがいってるように、貿易摩擦の中で、国際企業としての生き方を考えなければならんこともわかる。だからわたしは、反対を撤回するにやぶさかではないつもりだ。ただ、リスクを最小限におさえる努力を可能な限りしてほしい。投下資金を圧縮して、段階的に生産規模を拡大していく方向も考えられるんじゃないか」

「その点は慎重に検討しています」

「とにかく中央経営協議会でよく話し合い、組合の理解をとりつけたうえで結論を出すようにしたほうがいいな」

「もちろん、そのつもりです。これから中央経協をひんぱんに開くことにしています。なんとかわかってもらえると思ってるんですが、会長からも塩路君を説得していただけるとありがたいのですが……」

「うん。話してみるよ。あっちこっちで拳《こぶし》をふりまわしてるようだから、拳のおろしかたを考えてやらなければならんな」

「ええ。〝重大な決意をもって対処せざるを得ない〟なんていってますから、ふりあげた拳のおろしかたは難しいですね」

「断固反対で、ラインを止めるなんてことにはならんだろう」

「ええ。まさかそんなことは……」

　会長室のソファで川又と石原がそんな会話を交わしたのは、塩路が記者会見した直後である。

3

　石原が日産労組の創立三十周年記念総会に出席するのを渋ったのは、塩路の異例の記者会見がその伏線になっていると見てさしつかえないが、ともあれ八月三十日の午前十時、秘書の木島が迎えに来た乗用車に重い気分で乗り込んだ。ここ数日、熱帯夜がつづいているが、この日の暑さといったらない。太陽がじりじり照りつける中を八千三百人の日産マンが武道館に詰めかけ、広い会場を埋め尽している。

　一昨年までは浅草公会堂、浅草国際劇場、などを会場としていたが、昨年は新宿のコマ劇場に移し、今年は三十周年の記念すべき年だから、趣向を変えてアトラクションを映画からオーケストラに変更し、会場も収容人員の関係で武道館にしたという。

　石原は十一時十分前に係員に導かれて控室から会場へ移動し、指定席の中央第一列目に川又と並んで着席した。通路を隔てて、川又の一つ向こう側に、塩路の横顔が見えるが、石原と塩路が視線を交わすことはない。

舞台を見上げると、中央に〝一つの心でひろがる幸せ〟の横断幕が掲げられ、その下に円型の〝ＪＡＷ〟のマークがくっきりと浮かびあがっている。舞台に向かって左手に〝全日産自動車労働組合〟、右手に〝創立三十周年記念総会〟の文字も認められる。

定刻の午前十一時に井上道義の指揮する新日本フィルハーモニー交響楽団の演奏で、式典が始まった。曲目はマーチ「威風堂々」第一番。力強い勇壮な行進曲である。

まず挨拶に立ったのは浅野耕平組合長だ。浅野は、三十年間を回顧したあと、上ずったしゃがれ声で、

「無責任な経営、独善的な政策は断じて容認できません。Ｐ３運動の停止（一九三ページ参照）や、日産の英国進出問題について組合が経営側に申し入れたのは、日産と日産グループを何としても守っていこうという執行部の決意のあらわれです」

と激しく経営陣を批判した。

後方の列にいる木島には、石原の表情を読みとることはできないし、大きな背中は微動だにしないが、その胸中は察してあまりある。経営批判はやらないはずなのに――。

つづいて石原がマイクの前に立った。ふつふつとたぎる思いを懸命に抑えながら、石原は用意してきた草稿を読みあげていった。

日産労組創立三十周年記念式典にあたりまして、会社を代表して一言お祝いを申し上げたいと存じます。

本日は、会社役員、職制の代表者をお招きいただくとともに、ご挨拶の機会をいただき、厚く御礼申し上げます。

日産労組も三十年を数えるまでの年月を重ねるに至り、またこの記念式典が、組合にゆかりの深い浅草の地から、本年はこの武道館において開催される運びとなり、時代の移り変りと共に感慨もひとしおでございます。

この後、川又会長より組合創立から今日までの回顧などについてはお話が伺えると聞いておりますので、わたくしの方からは最近の情勢を含め、若干所感を申し上げてみたいと存じます。

皆様もご存じの通り最近の自動車産業を取り巻く情勢は米国景気の回復基調、あるいは原油価格の安定化など明るい材料はあるものの、国内での販売競争の熾《し》烈《れつ》化、海外情勢の不透明さなどにより一段と厳しくなってきております。

このような情勢の中でGMをはじめとする欧米自動車メーカーは、企業存続のための戦略を積極的に打ち出し、われわれの前にたちはだかってきております。

ちなみに、一九八三年度版GMのパブリックレポートの前文を一部ご紹介いたしますと、「今、GMはひたすらに変化している。GMの力を強化するために変化し、職場に新たな協力関係を拡げるために変化し、さらに最高の交通手段を提供するというGMの立場を維持するために変化しているのである」と結んでおります。

わたくしどももこれらの世界企業に伍してその基盤を固めるため、全社が一丸となって取り組んで行かねばならない時期であると考えております。

現在、われわれは、自由な競争を基本原理とする市場の中で企業活動を続けております。

この競争原理の中で勝ち残るためには、市場（マーケット）の変化を適切に把え、競争相手に対して一歩先んずる積極的対応が必要であります。そのために企業経営は、常に合理的・効率的でなければならないと思います。

わたくしどもは、今後とも企業経営の本質を踏まえ、さらに合理的・効率的なものを追求する努力を続けなければなりません。そのためにも、今後とも充分に労働組合と話し合いの場を持ちながら、協力を要請してまいりたいと存じます。

自動車産業の将来について申し上げますと、自動車そのものは、人類が創造した最高の交通手段であります。また自動車産業は、その規模からいっても、国の生活水準と繁栄のバロメーターであり、今後とも高い雇用を提供し続けるであろうと思います。

現在新たなエレクトロニクス時代の幕開けを迎えているといわれておりますが、自動車はその最大の需要者になるであろうと思われます。したがって、今後われわれが、このエレクトロニクス技術を自動車そのもの、あるいは自動車製造分野に導入する努力いかんによって、自動車の将来は一層期待できるものと確信すると同時に、企業としても生き残るための必須の条件であると考えております。今後、量的に大幅な伸長は望めないにしても、わたくしは〝自動車の将来は明るい〟という見通しは、グローバルに見ても依然として変えておりません。

本日は、組合創立三十周年であり、会社は今年五十周年を迎えます。文字通り歴史の節目を迎えたわけであります。

これまで、多くの人々が日産人として築き上げ残してくれたものを土台として、将来の日産をより確固たるものとし、働き易い職場とすることが、これから日産に働く人々に対する現在のわれわれの責務ではないかと存じます。

最後になりましたが、労働組合が新たなる四十年に向かって発展されることを祈念致しまして、はなはだ簡単ではありますが、会社を代表しての祝詞と致します。

ご清聴ありがとうございました。

所要時間は七分。浅野の挨拶は十五分を要したが、二人で二十二分、ここまではとくにアンバランスとはいえない。ただ、石原に対する拍手の少なさだけが目立った。

石原につづいて川又が登壇した。

「三十年前、昭和二十八年の今月今日、浅草公会堂に勇気ある五百六名の人々が集って全自動車日産分会七千三百人の中から分離独立して旗あげし、それが日産労組の母胎となりました。日産の発展、成長の陰に労使の相互信頼があったことは否定できません。ここで昭和三十七年三月に追浜《おっぱま》工場に建立された相互信頼記念碑に刻み込まれた言葉をご披露申しあげたい……」

この記念碑の言葉は、第二組合の初代組合長の宮家愈《みやけまさる》が起草したものである。宮家は四十一年に自ら日産を去っている。

川又はオクターブを高めた。

「〝互いに信じ合うことは美しい。自己の権利を主張することも必要であり、そのために闘うことも華々しいが、闘争の嵐が吹きすさぶ憎しみの泥沼には、幸福の青い鳥は飛んで来ない。人智が進んで、いかに企業が近代化しようとも、その安定した基礎は所詮、昔ながらの人間関係にある。労使の相互信頼、それこそが日産の源泉であり誇りである〟。以上ですが、感傷的に過ぎるという人もいます。しかし、わたくしはそうは思いません。欧米諸国の失業問題が大きな社会問題になっている中で、日本は健全な雇用関係を維持しているため、列国が刮目《かつもく》して見ています。いろいろ困難な問題はありますが、労も使も昔はどうだったかを心に刻むことが記念日の記念日たるゆえんではないでしょうか」

石油化学、アルミなど構造不況業種の問題、国際経済摩擦の問題などにも触れ、川又は約二十分にわたる挨拶を終えた。盛大な拍手の中を川又は降壇し、替って塩路が登壇した。

抑揚のきいた通る声で、塩路はゆっくり話しはじめた。

「昔はよく十年ひと昔といいましたが、最近は三十年くらいが人間集団として一つのサイクルのように思えます。日本経済も、日本の産業活動も、労働運動、生産性向上運動そして日産自動車も、昭和二十年代の十年間をひと区切りとして、その後の三十年を見ると、いま一つの節目にさしかかっているように思います……」

草稿に何度も手を入れ推敲《すいこう》を重ねただけに格調の高い見事なもので、それは挨拶というより講演であり、浅野も石原も、川又のそれも塩路の露払いに過ぎないと思えるほどだった。「八月三十日の記念総会は、塩路の記念講演会の日であり、塩路の晴れの舞台にほかならない」と多くの日産マンが思ったとしてもむべなるかなといえ、経営者的感覚、もっといえば経営トップの感覚で話しているといっても過言ではあるまい。

塩路は三十年の変化、発展、意味、生産性運動の歴史について述べたあと、成熟と国際化の中でのこれからの課題について次のように話した。

わたしたち組合は、十年ほど前から〝米国における乗用車生産問題に挑戦してほしい〟といいつづけてきました。これを産業論としていうなら〝世界の自動車産業の成熟化と国際化を展望して、日本の自動車産業の世界戦略を確立せよ〟ということです。その際に重要なことは、自動車産業は世界的に構造再編の時代に入っているという認識をしっかり持つこと。そして五年先、十年先に世界の自動車産業がどういう構造になっていくかを的確につかむことです。

日産が世界戦略をたてる上で重要なことは、〝集中こそ勝利への道である〟ということです。戦いにおいて最も愚劣なやり方は、兵を小出しに使うことで、名将といわれる人の用兵をみると、必ず最も強力な総合力を急所にぶつけています。現代の経営においても〝集中〟ということが、戦略の真ん中になければならないと思います。

日本の産業を取りまいている環境は昔と今とは全く違っています。つまり、一つには世界市場が成熟し、市場の拡大が困難になっています。二つにはロボットが人間にかわる時代になり、三つめは国際時代の生産性運動と組合員の問題です。国内のことだけでなく、外国の労働者のことも配慮しながら、日本の産業の生産性向上をはかっていかねばなりません。

この三十年間の日産の労使関係は、対立から協力へ、そしてインテグレーション＝統合といってもよい関係になってきたと思います。協力というものをさらに進めて、より幅のある、より深みのある〝統合〟の関係を築いてきました。

ところが今、その統合の関係がゆらいではいないでしょうか。もし、ゆらいでいるとしたら、労使ともに謙虚にお互いをふり返り、平和になれすぎてはいなかったか、惰性に流れ、形式を追ってはいなかったかを静かに考えてみる必要があるように思います。

三十年の節目を考えると、何よりも大事なことは労使関係ではないかと思います。労使の本当の協力、協議の体制を本気で再検討してみようではありませんか。

そして、塩路はダム・スピロ・スペロというラテン語の言葉を引いて、

「これは〝命ある限り希望がある〟という意味ですが、わたしたちは今大きな難問を抱えています。これからもいろいろな難問に遭遇するでしょう。ですからわたしたちは次の三十年に向けて、〝命ある限り希望がある〟を合言葉に三十一年目の第一歩を踏み出したいと思うのです。どんなに苦境に立っても、これを旗印にして、わが日産労組、自動車労連は進んでいこうではありませんか。ダム・スピロ・スペロ」

と結んだ。

拍手がわきあがった。しばらく拍手は鳴りやまず、喝采の中を塩路は胸を張って降壇した。

所要時間五十五分。塩路の〝講演〟の随所に経営批判、石原批判が鏤《ちりば》められてある。

十八日の記者会見のときのような直線的あるいは挑発的なものではないにしろ、そして戦闘的な言葉はリモートコントロールで浅野の口を借りて投げつけているにせよ、石原にしてみれば不愉快きわまりない。たかが組合の長がとは言わないにしても、猪口才《ちょこざい》なと腹の中は煮えくり返っている。

こんなところへ来るんじゃなかった、という思いを募らせながら、石原はオーケストラを聴かずに武道館を去った。

帰りの〝ニッサン・プレジデント〟の中で、木島が言った。

「申し訳ありません。社長のご意向はたしかに組合に伝わってるはずなんですが……」

「きみがあやまることはないよ。これが初めてだったら挨拶なんかせずに、中座してたかもしれんが、僕も辛抱強くなってきたな」

「はい。よく我慢されたと思います。浅野組合長の話を聞いていて、わたしはハラハラしてました」

「そうか。それは心配かけたな。しかし、子供じゃないからなあ。話はウワの空で、ほかのことを考えてたかもしれんぞ」

　石原は豪快に笑い飛ばした。

「辛抱強くなったといえば、トローリングで訓練してるからねえ。いや、こう見えても案外気が長いほうなんだ。この夏休みに百六十キロのクロカワ（カジキ）を釣り上げたが、三日がかりだからねえ。初日が午前九時から午後四時まで、二日目は朝五時から午後四時までねばったがボウズだった。ほかの連中はぐったりしちゃって諦《あきら》めて帰ろうといったが、僕は諦めなかった。頑張った甲斐があったよ。シロウトが揚げたやつでは新記録らしい。ギネスブックに載せてもらいたいくらいだ」

木島は微笑を誘われた。この話を聞くのはこれで二度目だ。浅野の挨拶のときも、塩路の演説もウワの空で、トローリングのことでも考えていたのだろうか。それとも、経営戦略を練っていたのか——。

石原がトローリングに病みつきになったのは、米国日産の社長時代というから、トローリング歴は二十年になんなんとする。今年は一週間の夏休みのうち三日間を割いた。愛艇のキャビン・クルーザー「白竜号Ⅱ世」を駆って、佐島マリーナ（神奈川県三浦半島）を出港したのは七月三十日の午前六時である。伊豆七島の神津島沖合でサオにかかった大物と一時間近い凄絶《せいぜつ》な格闘の末、舷側に引き寄せたのは三日目の八月一日の午後三時半のことだ。

名優スペンサー・トレイシーが大カジキと死闘を演じる映画「老人と海」のシーンを、石原は身をもって再現したような気分だった。

4

昭和五十八年六月六日の午後、石原俊は首相官邸に招かれた。

中曽根首相は五月のウィリアムズバーグ・サミット（先進国首脳会議）で、サッチャー英国首相から、日産の英国プロジェクトについて早期進出の要請を受けている。サッチャー首相は日本政府に協力方を求めたことになるが、サッチャーと中曽根の密約説が一部に流れ、一時は塩路・労組を緊張させた。中曽根は石原にサッチャーの意向を伝えたに過ぎないが、石原としては「慎重に検討しており、年内には結論を出したい」と答えるしかなかった。

これより先、五月中旬のある日、石原に中曽根から電話がかかった。

日米諮問委員会（新日米賢人会議）の委員に塩路一郎が自動車総連会長の立場で任命されたが、ひらたくいえば石原と塩路の関係に思いを致し、中曽根が石原に仁義を切ったということであろうか。中曽根なりに気を配ったということができるが、このとき石原は「ご丁寧に恐れ入ります。ありがとうございます」と鄭重《ていちょう》に礼を述べている。身内の塩路がワイズメンの一員に選ばれたとあれば、大変名誉なことには違いないし、日産が正常な労使関係にある限り、石原の対応はごくまっとうということになる。

しかし、塩路をして「石原とは倶《とも》に天を戴《いただ》かない」とまで言わしめるほど両者の仲が険悪化していることを考え合わせると、石原は内心おだやかではなかった、のではあるまいか。神経を逆撫《さかな》でされた思いになったであろうことは想像に難くない。察するに「あれが賢人ねえ」と思っていたとみてとれる。

ワイズメンのメンバーの人選は、委員長の牛場《うしば》信彦《のぶひこ》（外務省顧問、元対外経済担当大臣）が官房副長官の藤波孝生《ふじなみたかお》と相談して決めたと伝えられるが、塩路の起用は米国側のメンバーに塩路と親しいダグラス・フレイザー（前ＵＡＷ会長）が含まれていたことと、塩路の国際感覚を買ってのことというのがその理由としてあげられている。

牛場、塩路以外の日本側の新日米賢人会議のメンバーをみると、大来佐武郎《おおきたさぶろう》（内外政策研究会会長、元外務大臣）、小林陽太郎《こばやしようたろう》（富士ゼロックス社長）、佐藤誠三郎《さとうせいざぶろう》（東京大学教授）、盛田昭夫《もりたあきお》（ソニー会長）、山下勇（三井造船会長）の錚々《そうそう》たる顔ぶれである。

五月十三日に、塩路は正式に新日米賢人会議の委員に任命された。その得意や思うべしということになるが、わずか一ヵ月後にはなんともふんまんやるかたない気持にさせられる。

石原の社長留任である。

五十八年春の生存者叙勲で、四月に山下勇らとともに勲一等瑞宝章を受章した石原は、叙勲で花道を飾れる、つまり社長を退任するのではないかという観測が経済界に根強く流れた。

しかし、石原はやめなかった。会長の川又が退《ど》かなかったから、やめるにやめられなかった、とする見方もあるが、川又と石原はすでに前年末の時点で、両者留任の線で合意していたのである。

隠れ塩路派か公然塩路派の違いはあるにせよ、経営陣に厚い人脈を持つ塩路が〝川又—石原留任〟をキャッチしていないわけはない。事実、塩路が「石原の居残りが決まったようだ」と側近にいまいましげに洩らしたのもこのころである。

もっとも、もしやといった一縷《いちる》の望みがなかったといえば嘘になろう。

しかし、一縷の望みも絶たれ、石原は留任した。しかもあろうことか、紛《まご》う方無い塩路派の浦川浩常務までが退任させられたのである。浦川は、今日の日産のルーツともいうべき「企業研究会」のメンバーの一人で、人事、労務畑一筋に歩いてきた。「企業研究会」は、昭和二十八年の日産大争議以前に、宮家愈を中心に大学卒のエリート約四十人が同志的結合体として設けたものといわれている。

浦川は、日産の専務クラスの退任後のポストの一つとされている日産車体の社長に就任したので、塩路としても正面切ってクレームをつけるわけにはいかない。それが塩路にとって癪《しゃく》のタネでもあるが、浦川を失ったことはなんとしても痛い——。

隠れ塩路派は措くとして、いまや日産本体の経営陣の中に塩路の盟友は、経理部門を担当する佐藤俊次一人残るのみとなってしまった。

塩路の眼には、石原が社長のポストに居坐りつづけること自体、ゆるしがたい理不尽なことだと映っているのに、あまつさえ浦川まで、という思いがあるから、一層胸中は泡立っている。小牧副社長退任のときもそうだったが、これでは挑発であり、挑戦ではないか――。

昭和四十九年ごろ、塩路は労使の事前協議の場である中央経営協議会で、会長の川又を面罵《めんば》したことがあった。ある事実を突きつけて、川又に疑惑ありと迫ったという。そのある事実がどうして塩路の知るところとなったのかつまびらかではないが、塩路の狙いは、院政を敷かれ、川又の傀儡《かいらい》に過ぎなかった岩越の発言力を少しでも引き出してやろう、ということだったと考えられる。小牧につづいて、浦川をも失い、塩路が焦燥感に駆られていることは理解できる。

世上、〝塩路クン事件〟〝塩路が石原に五時間も待ちぼうけを食わせた事件〟〝石原の副社長時代に「次はあなたが社長ですよ」と塩路に耳打ちされた事件〟などによって両者は感情的にゆき違いが生じたとされているが、いずれも決定的なものとは考えにくい。

塩路は「内々《うちうち》ならなんと呼んでもけっこうです。しかし第三者の前で、クン、づけはないでしょう。塩路会長とか、塩路さんと呼んでください」と石原に抗議した。

「先生、あのときはずいぶん怒ってたなあ」

それを思い出すたびに石原は苦笑を禁じ得ない。何故塩路がむきになってそんなに怒るのかわからない、と首をかしげながらも、相当懲りたと見え、プレスの人たちや第三者に対しては決して塩路君と呼ばなくなった。「先生は、頭がいいし、弁舌さわやかだ」というい方をすることが多い。社内で塩路を話題にするときも、「あの男」とか「かれ」とか「先生」などの代名詞を用いている。

　五時間の待ちぼうけについては、塩路は「マージャンをやってて待ってたことになるんですか」といい、石原のほうは「二人ではマージャンはできない」と食いちがいがあるが、状況はともかく、夜七時から夜中の十二時まで石原が待たされたことは事実と思える。

「ある時期、副社長時代の石原さんはふてくされちゃって、まったく仕事をしなくなってしまったんです。岩越さんに先を越されたことがよっぽど悔しかったんでしょうね。それで、佐島マリーナで偶然顔を合わせたときに、喫茶店でコーヒーを飲みながら、〝次の社長はあなたなんだから、元気を出してください〟と激励したんです」

　これは、塩路がある新聞記者に話したことだが、この質問をぶつけられた石原は「そんなことがあったかなあ。よく憶えていない」と答えている。

小牧事件と前後するが、〝市光問題《いちこう》〟も、埋めがたい溝をつくったものとして両者の脳裡に刻み込まれているのではあるまいか。

市光工業は、品川区東五反田に本社を置き、資本金は三十二億三千四百万円、従業員三千二百三十人、東京証券市場一部上場の自動車部品メーカーである。自動車照明器（ランプ）では第二位だが、日産は二二・四パーセントの市光株式を保有し、二位以下を圧している。いわゆる日産圏の部品メーカーということができるが、五十三年までは市光の労組は自動車労連の傘下にあった。

自動車労連は日産労組、販労（販売店、ディーラー）、部労（部品メーカー）などの日産圏の組合員二十三万人で構成されているが、市光労組は部労から脱退し、自主独立組合に変ったのである。

「市光工業労働組合結成準備委員会」名でつぎのようなビラが市光三千人の従業員に配られたのは五十二年八月五日のことである。

〔もうがまんできない自動車労連の圧制！〕

組合員の皆さん、今われわれは重大な決意をいたしました。それは、これ以上自動車労連の圧制のもとで組合活動を進めることは、市光に働く者のみならず、自動車労連のもとに集結している、二十万組合員の真の働きがいや生きがいを、正しく育成していくことは出来ないと判断し、自動車労連ならびに部労を脱退して、自主独立の新しい労働組合を結成することを決意いたしました。

〔自動車労連の民主化なくして労働者の幸せなし〕

なぜ脱退するのかということですが、第一に自動車労連の非民主的な体質についていけないからであります。ささいな批判も許さないファシズム的体質は、もの言わぬ労働者集団をつくり、ことなかれ主義の幹部を生み、権力の強い者に従っていれば安全だ、というおよそ労働組合らしからぬ実態になりつつあります。そのために抑圧された、気のどくな組合員は数多くいます。この実態に警鐘をならし、自動車労連を民主化し、自由に論議できる、開かれた組合活動になるよう、あえてわれわれは一石を投じることが使命であると考えたからであります。いまわれわれにとって大切なことは、自動車労連に結集している全組合員が抑制された集団でなく、自発的にやる気を持って自動車業界における躍進をはたさなければ、それこそ生活と雇用に対する不安が現実化する局面にさらされないとも限りません。そのためにも自動車労連の民主化を、あえて提起し、労働者の幸せのために闘うべきであります。

〔ヒットラーの親衛隊では労働組合とはいえない〕

第二の理由は、部労では市光工業労働者のメリットを生かせないということであります。もとより弱い者を助けるのには、何の不満もありませんし、大きい所は小さい所のことを考えることも大切です。だからといって、強い所や大きい所は我慢しろでは、いつまでももたれ合いで、単純平均的な公平感はあっても、より大きな進歩を果たすことは出来ません。日本的労働組合の構造を考えるなら、強い所、大きい所がより強いリーダーシップを発揮して、全体を引っぱって行くのが、結果として全体のレベルアップになるという発想も大切だと思います。だから結果として同業他社や一般社会水準との間に差が広がる一方になってしまっています。これでは多額の組合費を投入してまで部労にいなければならない理由はありません。本来労働組合はより合理的、効率的運営をして組合員の負担を極力軽減するか、高負担なりのメリットがあるかどちらかの納得性がなければ意味がありません。

このような理由でわれわれは自動車労連・部労を脱退し、新組合を結成する決意をかためたのであります。

〔自主路線で、まずわれわれの足元を固めよう〕

今、われわれが結成しようとしている労働組合は、自由にして民主的な労働組合の理想を追求しながら、われわれ自身の足元をまずかためたいと思います。今までは組合費を全額部労に納入しているため、なんの財産も作れませんでしたが、これからは組合費を有効活用して、従業員福祉に役立つ施設や組合員相互交流の行事の計画などいろいろのことが可能になります。また、共済金、福祉基金を廃止すれば、当面一人二百円は支出を少なくすることも出来ます。

このように主体性のある、自主的な労働組合活動こそ日本的企業内組合のメリットなのです。

〔権力の圧力に支配されない明るい運動を全員の団結で勝ちとろう〕

労働組合を逸脱した権力支配は、労働者を暗い気持にさせます。

われわれはどんないやがらせ、圧力にも屈せず、一致団結して明るい組合運動を推進しようではありませんか。全組合員の絶大な賛成をお願い致します。

当然のことながら、塩路ら自動車労連の幹部は手を拱《こまぬ》いていたわけではない。五十三年七月には、渡米中の石原を塩路はロサンゼルスまで追いかけ、センチュリー・プラザのスイートルームに投宿中の石原に、部品の発注を減量するなど市光に対して経営面で圧力をかけてほしいと執拗に迫った。

塩路としては、市光に対し経営的にダメージを与えることによって市光労使を屈伏させたいと考えたわけである。

「そんな乱暴なことはできない」と石原は突っぱねるが、このとき塩路は「石原は話のわからぬ男だ」と失望し、石原は「経営権の侵害ではないか。思いあがりも甚だしい」と考えたはずである。このとき塩路は、市光をコントロールできなかった購買部門の一部職制の更迭を要求するが、これも石原は拒否している。

市光問題は、石原と塩路が相互不信感を抱いたきっかけとなり、小牧事件で両者の反目は極に達し、塩路をして「不倶戴天の敵」といわしめることになる。

5

九月十四日、水曜日の朝、石原俊は八時五十分に出社した。交通混雑によって五～十分のずれはあるが、途中立ち寄りがない限り、石原の出勤時間は八時四十五分から五十五分までの間と定まっている。

十四階でエレベーターを降り、社長付きの二人の若い秘書に迎えられる。

「おはようございます」

「やあ」

石原は軽く会釈を返して、大股で社長執務室に入っていく。

照れ屋なところのある石原は愛想のいいほうではない。女性秘書に声をかけたり、お世辞の一つも口にしたりすることはまったくない。朝は、秘書嬢が運んでくる緑茶を一杯飲むだけで、すぐに木島を呼んでその日のスケジュールを確認する。そして書類の決裁にかかるが、この朝はデスクの上の雑誌に眼が止まり、顔色が変った。米国の著名な経済雑誌『フォーチュン』の九月十九日号である。カバーの題字下に“TOYOTA PULLS AWAY FROM NISSAN”（日産を引き離したトヨタ）と大きな活字が刷り込まれてあり、二台の乗用車が見下すかたちで並んでいる。

「これは……」

「はい。けさ早く、海外部から届けられました」

木島は逃げ出したいところだが、そうもいかない。

石原は口をへの字に曲げて、付箋《ふせん》のついている六十ページ目をひらいた。日焼けした赭《あか》ら顔が一層赤くなり、嘆息とも間投詞ともつかぬ声が石原の口から洩れた。縦二十七センチ、横二十三センチの大型変形雑誌の見開きカラー写真があまりにも衝撃的だったのである。

輸出用の新型セリカ・スープラの運転席に皇太子殿下がお乗りになっている。豊田英二会長が腰を九十度に折って、なにやら殿下に説明している。その後方から美智子妃殿下が興味深げにのぞき込まれている。

背後に見おぼえのあるトヨタ首脳陣の顔が十人ほど認められる。新車のドアの白色が眼に痛いほど鮮やかだ。

「田原工場とあるな」

石原は写真説明を読んで、次のページをめくった。半ページほどのスペースに川又と石原自身の半身像が別々に写され、さらにページを繰るとヨット上に塩路と女性が並んでいる。なんと七ページに及ぶカバーストーリーだ。

石原が、ヘンリー・スコット・ストークスという記者の取材を受けたのは八月八日のことだ。しかし、こんな扱いをされるとは夢にも思わなかった。これではまるで、栄光あるトヨタの引き立て役に三人打ち揃って引っぱり出されたようなものだ。

日本自動車業界の現状と見通しなど、ごく一般論について話したつもりである。

リード（前文）には「急成長を遂げた国内外の市場をめぐって、トヨタと日産は長年激しい販売競争を繰りひろげてきた。このマーケットシェアを争う果てしないながらも節度のある競争で、トヨタはつねに大差をつけて安定した強さを発揮してきた。いまやトヨタは後退に後退を重ねる日産を尻目に勝負に決着をつけるべく一大攻勢に転じている」とある。

「一応眼を通しておくが、あとで、翻訳して届けてくれ」

石原は、雑誌を閉じてデスクの上に放り投げた。

木島が退室したあと、石原はもう一度、『フォーチュン』を手に取った。十時から副社長との連絡会が予定されているが、石原は『フォーチュン』に気持を奪われて、連絡会に思いがめぐらなかった。米国日産の社長時代を含めて英語とのつきあいは長いほうだから、読み書き、会話ともまあまあのレベルにある。

ここ数年、日本の自動車メーカー各社の生産台数の約半分を国内販売が占めており、また主な輸出市場も様々な制約を受けているため、国内販売は以前にも増して重要なものとなっている。今年上期の普通乗用車およびトラック（軽を除く）のシェアは、トヨタが一九七四年以来最高の三九・七パーセントを記録したのに対し、日産のシェアはここ十八年来最低の二八パーセントに落ち込んだ。特に今年七月のトヨタの乗用車シェアは新型車投入などにより四五パーセントを記録した。

海外事業の拡大を通じて日本企業のリーダーたらんとする日産の攻勢はここへきて滞り気味である。一連の海外プロジェクトの中核である英国進出計画は取引銀行や強大な労組指導者からの反対にあい、見通しが立たなくなっている。その間トヨタは、〝近視眼的〟というレッテルを貼られるほど批判された消極的な姿勢を改め、海外での本格的な工場の建設に乗り出した。

こうしたトヨタの一大攻勢に直面した日産は内部改革に取り組んでいる。今年七月、日産は総勢五十名という大所帯の取締役陣を再編成した。石原社長は国内販売担当役員を四人から七人に増強し、前経理総務担当の横山副社長（引き続き人事担当兼任）の直轄とした。

日頃は自信に満ちて威勢の良い日産の首脳陣がこのところ意気消沈している一方で、トヨタのキャラクターが大幅に変化しつつあるように思われる。通常は日本企業の経営陣の中でも最も慎重で目立ちたがらないトヨタの首脳が、このところあらゆる問題について傲慢ともとれるほど率直な発言を行っている。

外部に対してあまり勢力を誇示しようとしない（特に海外自動車メーカー首脳と比較した場合それが言える）豊田章一郎社長でさえも今年の初めに次のような大胆な発言を行っている。

「われわれが今後開発する自動車は、エンジン効率、操縦性、燃費といった基本的な点で米国車や欧州車を凌駕するであろう」

トヨタのこうした姿勢の変化は、日本の自動車産業に於ける役割が大きく逆転したことを示すものである。過去数年間、日産はあたかも自分が日本最大の企業であるかの如く振舞ってきた。日産は日本の財界の強力な指導者として、また政府に広範な影響力を有する企業としての役割を前面に打ち出してきた。同社の会長や社長は日本を代表する人物として度々マスコミに登場し、また日産の経営陣は、経団連等の在京財界団体の重要な役職に就くことも多い。豪華な日産本社のある銀座界隈の高級料亭で会合を開くこともしばしばである――。

ここまで読み進んだとき、久米が部屋へ入ってきた。

「おはようございます」

十時五分前である。つづいて金尾、内山があらわれ、円卓に着席した。全員がきちっとスーツを身に着けている。石原もワイシャツ姿になることはめったにない。石原が『フォーチュン』を手にしたままデスクを離れ、議長席に着いた。

国内販売の統轄責任者でもある横山は病気で欠席している。九月に入って、持病の心臓が悪化し、入院を余儀なくされたのである。五十周年に向けて一大攻勢をかけようとしていた矢先だけに、日産にとって痛手は大きい。

それが、石原の気持を一層暗くしている。

「きみたちも読んだと思うが、僕は屈辱感でまだ躰のふるえが止まらないよ」

石原は、雑誌をひらひらさせながら冗談めかしてつづけた。

「この屈辱を忘れないようにしよう。それにしても、敵ながらあっぱれじゃないか」

三人の副社長が口々に話し出した。

「見事な演出ですね。これだけの特集記事をまとめるためにはかなり周到な準備とレクチャアがなければ無理でしょう」

「しかし、高級料亭で会議なんていうのは、ためにする話だし、興銀の中山《なかやま》さん（素平《そへい》、相談役、元頭取）が英国進出に反対なんて聞いたことはない。いい加減なことも書いてますね」

「塩路さんとヨットのとりあわせは、いかにも皮肉たっぷりですね。友達をヨットに招待したと写真説明にありましたが……」

ちなみに、〝A NOT SO DOCILE UNION LEADER〟（一筋縄でいかぬ労組指導者）の見出しで、囲み記事として扱っているが、その内容は次のようなものだ。


日産の第三の実力者は、最も多弁な男である。塩路一郎は、二十三万人の日産労組の指導者であり、かつまた、彼自身が一九七二年に組織した、六十五万人の組合員を持つ自動車産業全体の労組の会長でもある。日産労組が力を備えてきたのは一九四〇年代からである。塩路会長によると、「それは、西洋の人々が頭に描いているような軟弱で経営者に迎合する〝会社組合〟ではない」。同会長は「会社の経営方針にかかわることや、海外生産のような大きなプロジェクトについては、原則として常に自分に意見を諮《はか》って然るべきだ」と考えている。同会長の旧友である川又会長は労使協議を実行してきた。一九七七年に就任した石原社長は、「労組に話は持ちかけるが、形式的なものだ」として、塩路会長を憤慨させている。

　塩路会長と石原社長の敵対関係は、休日にまでもちこまれている。両者とも、東京近郊の同じマリーナにボートを保有している。熟達した洋上レーサーである塩路会長は十万ドルの特注レース用ヨットを持っている。これは貯金と株のもうけで買ったものだそうだ。かたや石原社長は、遠洋フィッシング用のパワーボートを保有している。塩路会長は軽蔑をこめて言った。

「石原氏は海のことなど何も知らない。あれでは燃料の無駄使いだ。石油会社の友人なのだろう」

　ひとしきり『フォーチュン』の特集記事が話題になったあと、

「ショックだろうなあ。海外にいる連中が士気沮喪《そそう》しなければいいのだが……」

　石原が腕組みして伏眼がちにつぶやくと、一瞬、社長執務室は静まりかえった。皆んな粛然とした思いになっている。

「業績は、たしかにトヨタに引き離されている。しかし、開発力にしても販売力にしてもそれほど格差があるとは思えない。一年や二年でトヨタに追いつくのは無理だが、一歩でも近づくための努力をしつづけようじゃないか」

石原の話を受けて、設計、研究部門を担当している久米が発言した。

「テクニカル・センターが威力を発揮するのはこれからです」

「よし、〝フォーチュン〟のことは忘れよう」

石原は、沈滞ムードを吹き飛ばすように、気合いを入れた野太い声を放ってから、つづけた。

「六月に発売したセドリックV6の評判がすこぶるいいようだ。ブルーバードもサニーも好調だし、ニューフェアレディZも期待できそうだ。販売店の意気も大いに上がっているから、シェアダウンに歯止めをかけ、シェアアップを図れるだろう。横山君が過労で倒れたが、間もなく退院できるだろう。しばらくの間、その分は僕が頑張る」

石原に気合いを入れられて、三人の副社長の背筋がスッと伸びた。

社長―副社長連絡会が終ったのは十二時二十分過ぎである。いつもなら新館十六階の役員食堂へ階段を昇って行くところだが、石原は不思議に空腹を覚えなかった。健啖《けんたん》家だが、昼食はざる蕎麦などの軽いものが多い。

むかし痛風に悩まされ、靴が履けずスリッパで通勤したことがあった。あのときの痛さは忘れられない。美食は痛風の原因《もと》だから、多少は警戒する気持もある。

石原は、「忘れよう」と言った手前、机上の『フォーチュン』をひらくのがためらわれたが、またしてもそこへ気持が傾斜していく。

長く暑かった夏の最後がこれか！　と石原は雑誌を睨みつけながら、胸の中でつぶやいた。

第二章　疑惑の権力者

1

A新聞記者の村田修一郎が、下北沢の自宅のマンションに、日産自動車本社の経営管理室付課長である小見山健の訪問を受けたのは十月二日の日曜日の昼下がりのことだ。二人は、高校時代のクラスメートだが、予備校に通った分だけ村田のほうが大学の卒業年次は一年遅れている。

「どうした風の吹きまわしかね。菓子折りなんか持ってきちゃって、莫迦《ばか》に気を遣うじゃないか。こっちは女房が留守だから、なんのおもてなしもできないよ」

村田は、そんなことを言いながら、ビールと、簡単なつまみを用意した。

村田は上背もあるが、太り肉《じし》で、童顔だから、金太郎のような感じを受ける。小見山のほうは逆にスリムで、貴公子然とした端正な顔をしている。メタルフレームの眼鏡といい、いかにも一流会社のエリートといった印象だ。

「暑いだろう。背広ぐらい脱いだらどう？」

「そうね。失礼させてもらう」

日曜日に友達と会うのにきちっとスーツを決めてあらわれるあたりも小見山らしい。

村田のほうはタオル地の白い半袖シャツ姿である。この日は、夏がぶり返したように暑い一日で、小見山は首筋のあたりに滲んだ汗をハンカチでぬぐっている。

「ところで、あらたまって話がしたいって、なんのことだい」

「塩路会長のことを話したいし、いろいろ教えてもらいたいこともあるんだ」

「どういうこっちゃ」

村田は、呆気《あつけ》にとられた顔で小見山を見やった。

自動車産業を担当して一年半ほどになるが、当初、日産の内部事情について予備知識を得たかったので、村田は何度も小見山にアプローチした。

「石原社長と塩路会長は、あれでけっこう仲がいいんだ。ジャーナリズムがさも二人が犬猿の仲みたいに書いているが、そんなことはない」「われわれ従業員からみると社長は、おやじみたいな存在だし、組合の委員長はおふくろみたいなものだ」

などと、白々しいことを真顔で話していた小見山が……。なんという変りようだろう、と村田は思う。それどころか、小見山は村田と会うことを避けていたふしさえある。

「俺が自動車担当になって、いくらか業界事情がわかってきたから、逆に俺から取材しようというわけか」

「そう皮肉をいわんでよ。サラリーマンの辛いところなんだ。察しはつくでしょう。塩路会長の悪口をいうことは、絶対にタブーで、社員同士で酒を飲んでるときでも、危くて話せなかった。塩路批判でもしようものなら、お庭番みたいなスパイがいて、確実に塩路会長の耳に入る仕組みになってるみたいだった。現実に、左遷されたり、飛ばされた者の事例を知ってるからなあ」

小見山は喉が渇くのか、グラスをひんぱんに口へ運びながら話をつづけた。

「つまり恐怖政治ってわけか。それにしては、われわれの耳に入る話は、調子のいい話ばかりで、塩路さんの悪口は聞かなかったなあ」

「新聞記者は怖いからなあ。塩路さんの陰口をたたこうものなら、さっきの話じゃないが、即刻左遷だもの。とにかく人事、労務部門は、塩路派の巣窟《そうくつ》だから、たまったものじゃない。島流しみたいなことになっちゃう」

「すこし、オーバーじゃないか。被害妄想とちがうかな」

「いや……」

小見山は首を振って、グラスのビールを乾《ほ》した。

「それにしても、八月の中旬だったかねえ、塩路さんが経団連で記者会見やって、英国進出反対とぶちあげたのにはびっくりしたなあ。石原さんをこてんぱんにこきおろしていた。いくら組合の専従で会社から給料もらってないにしたって、籍は日産自動車にあるんだろうし、会社から運転手付きでクルマの提供も受けてるという噂も聞くし、あそこまでやるのは、やっぱりエキセントリックだよな」

「きょう村田に会いにきたのも、そこなんだ。僕は、塩路会長があんなにむきになってキャンキャンわめくのは、危機感からじゃないか、脛《すね》に傷もつ身だからっていう気がしてきた。それなら、事実関係をきっちり調べてもらって、新聞にも日産の実像を書いてもらったほうがいいような気がしてきたんだ」

「さしずめ憂国の士というわけだな」

「そう茶化さないでくれよ」

小見山は、眼鏡を外して、顔の汗を拭いた。

「まだ暑いか。もうすこしクーラー強くしようか」

「いや、けっこうだ」

ソファから腰を浮かせた村田を押しとどめて、小見山は冗談ともつかずにいった。

「冷汗かなあ。こうして、きみと話してるところを誰かに見られてるような気がしてしようがない。気持がふっきれていないというか、びくびくしてるんだ。万一、きみに塩路会長にたれ込まれたら、僕はおしまいだものな」

「冗談よせよ。俺に対して失礼じゃないか」

村田は気色ばみながらも、小見山の気持がいくらかわかりかけている自分を意識した。

「きみに電話をかけたあとも、ここへ来るのをずいぶん迷ったんだ。しかし、村田なら信頼できるし、われわれは大学がちがうし、卒業年次もちがうから、塩路会長の周辺がいくら犯人探しをやろうとしても、きみが喋らない限りまず安心だからな」

「決死の思いで、俺に会いにやって来た小見山の気持はよくわかったから、安心してくれ。それに、俺は塩路批判を新聞でやると決めてるわけでもないからな。あんまり取り越し苦労をすると、髪が薄くなるぞ」

反射的に小見山の手が、額の生え際の薄くなった頭髪を梳《す》くように撫《な》でた。

「ただ、石原社長になってから、少なくとも本社の空気が変ってきたことはたしかだ。浦川常務がやめたことが、社員の間に微妙に影響してるんじゃないかなあ。石原という人は、スポーツマンっていうのか、とにかくフェアな人だから、いまの労使関係がこのままでいいなんて考えてない。なんとか正常化したいと願ってるはずだ」

「自分の会社の社長を褒めるぐらい、あてにならん話はないぞ」

村田が話の腰を折ると、小見山はきっとした顔になった。

「具体例を一つだけあげようか。石原体制になって二期目に六人の新任役員を出したが、それが全員技術系だった。事務系のわれわれからすれば、社長自身事務系のくせになんだ、といいたいところだけれど、人事は実に公平だし、すり寄ってくる者を愛《う》いやつだと近づけないで、逆に寄せつけないいんだから、人によっては冷たいと思うかもしれないなあ」

「ある雑誌が徒党を組めない人だって石原評を書いてたが、子分を持てないってことは経営者としてウイークポイントにならないか。日本人的な経営者っていうのは、多かれ少かれ、ウエットで浪花節的なところがあるし、それがプラスになってる面が多分にあると思うが……」

村田は、自動車産業を担当しているので、当然石原とは面識がある。いや、何回となく会っている。好きな経営者の一人といっていい。魁偉《かいい》な容貌《ようぼう》から豪胆な印象を受けるが、細心な気配りをみせる人だ。しかし小見山にこのことを話す必要はない。六人の新任役員の件も先刻承知している。

「仕事ができるかできないか、業績をあげてるかあげてないか、しかも減点主義はとらない石原さんのメジャーや考え方は立派だと思う。いつも怒ってるようなあの顔だし、人にお世辞をいわない人なので、愛想はなさ過ぎるが、日産はウエットな経営トップが続いたから、右へ揺れ過ぎた振り子を戻すためには日産にとって理想的な経営者だと思うな」

「なんだか石原社長をPRするために来たみたいだな。きみが俺に話したいのは、塩路さんのことじゃないのか」

「うん。あの人は偉くなり過ぎちゃった。われわれの眼には、もう、おばけみたいな存在に見えるよ」

「それはカリスマにしては、生ぐさ過ぎるんじゃないかなあ」

「カリスマという意味か」

「俺は、塩路さんにご馳走《ちそう》になったことがあるが、びっくりしたのは、二次会の銀座のクラブで、労務担当の役員が待っていて直立不動で塩路さんを迎えるんだ。こんなに偉い人と、酒を飲んでて、いいのかと思ったよ」

「たまたま春闘の時期にでもぶつかってて忙しい塩路会長をつかまえるために、そうしただけのことだろうけど、夜な夜な銀座のクラブやバーを飲み歩き、それでいいのか、とはいいたいね」

「しかし、必要に迫られてそうしている面はあるだろう。なんせ国際派といわれ、日米賢人会のメンバーに選ばれるような有名人なんだから、そこのところは大目に見てあげていいんじゃないの。ご馳走になったから庇《かば》うわけじゃないけど」

「あの人は限度を越えていると思うな」

「それで、つづめたところ小見山は俺に塩路さんの何を書かせたいんだ。イエローペーパーじゃないからね、スキャンダルを採りあげるわけにはいかないよ」

「いや、塩路会長の本質を見抜いてもらいたいということが一つと、トヨタとの格差がこれ以上つくのは、日産マンとして忍びないから、その格差の相当部分が労使の在り方にあるとしたら、是正するための努力を皆んなでしなければいかんと思うんだ……」

〈俺のところへ来るのにびくついているほど腰が引けてて大丈夫か〉と皮肉を言いたいような気もしたが、村田はその言葉を呑み込んだ。

「それと、英国プロジェクトにどうしてあんなにエキセントリックに反対するのか、その本当の狙いも知りたいと思ってる」

「わかった。どこまでお役に立てるかわからんが、ともかくアプローチしてみるか。いや、デスクとも相談してみるが、囲み記事の一本ぐらい書けるかもしれないな。それはそうと日産マンの小見山に訊きたいが、〝塩路天皇〟という感じは、本当のところ、としているのかね」

「いや、それは凄《すご》い人だ。石原天皇とか川又天皇とかいわれてもわれわれ下じもにはぴんとこないが、〝塩路天皇〟だけは語感としてこれ以上ぴったりする評し方はないと思う」

小見山は、口の中のチーズをビールと一緒に嚥下して、つづけた。

「僕は、昨年一月に課長の辞令をもらったが、新任課長の研修が二週間ほどあって、その最後に、塩路会長はじめ組合の幹部のところへ挨拶《あいさつ》に行かされたのには、いまさらながら〝塩路天皇〟のご威光にびっくりしたな」

小見山は、あの日のことを思い出すと、なにかこう胸が熱くなるような憤りを覚える。

人事部が何故、かくも浜松町（労連本部）の方ばかり気にするのか、労使一体はけっこうだが、けじめの問題はどうなるのか。これでは会社側が塩路会長を〝天皇〟にし、神格化するのに一役買ってるようなものではないか——。しかし、小見山にそれを拒否する勇気はなかった。

2

五十七年二月十七日の午後一時半に、小見山たち新任課長二百余名は自動車労連会館の四階大会議室に集められた。

予《あらかじ》め新任課長に配布された研修のスケジュール表にはなかったが、人事部の次長から急遽《きゆうきよ》指示されたのである。

「皆さんの中から、組合に挨拶すべきではないか、というご意見が多かったものですから。それなら一括して来ていただけないか、というのが組合側の意向でしたので、セットさせてもらいました」

次長からそんな説明があったが、後で聞いた話では例年、同じことが繰り返され、人事部では「塩路講話」といういいかたで呼称されていることがわかった。

組合側の出席者は塩路会長、清水事務局長以下、幹部十数名だが、話をするのはもっぱら塩路一人である。法廷のような一段高いところから、塩路は新任課長の集団を見おろしている。

新任課長の中から質問が出され、塩路がそれに答える形式で「塩路講話」はすすめられた。

——海外投資、とくにメキシコ、豪州について、組合の立場からどのような対応をされてきたのか、ご説明いただきたいと思います。

「社内で、日産の海外プロジェクトは広がり過ぎるのではないか、という心配の声がありますが、これに対して経営側からは日産には蓄積があり、豪州とかメキシコでの長い経験があると反論しています。豪州、メキシコを例にあげて、それをいうなら、われわれ労連がいかなる対応をしてきたかを忘れないでほしいんです。メキシコは労組の力が強いところで、しかも労組と政府の関係が密接です。ベラスケス労働総同盟会長は歴代の大統領を指名するくらい強い立場にあると聞いています。メキシコで生産活動をやろうとするなら、まず労組対策を考えなければなりません。わたしは労働大臣に会うとか、州の首相に会うとか、事前に政府工作、組合対策で手を打ってきました。それだけではなく、州の首相に会ったときなど技能教育に関する恩典まで引っ張り出してきたんです。メキシコについては、わたしが首を突っこんじゃったので、悪女の深情けみたいなことになってるわけです……」

会場から笑い声が聞こえてくると、塩路はさも満足そうに含み笑いを洩らして、会場を見廻しながら話をつづけた。

「日産世界協議会を毎年開くときにメキシコの人たちも二、三人呼ぶようにしてますが、中には左巻きの人もいます。洗脳というほどではないにしても、観念的に左になっている人たちが自分たちの世界だけではないということに気づいて、帰国してからいい職制になって部下を指導する。メキシコ日産は、われわれの力でうまくいってるんです。会社の努力があるとすれば、銀座（本社）の努力なんかじゃない。現地に行ってる職制の一部の人たちの努力です。体を張って一生懸命やってくれています」

塩路はメキシコから豪州に話を移した。特徴のある二重瞼《ふたえまぶた》のくりっとした眼を細めたところをみると、ご機嫌うるわしいといったところだろうか。

「豪州は、英国が母国みたいな国ですから、工場ではショップスチュワードの力が強いし労働運動もラディカルです。ナショナルセンターにはマルキストもマオイストもいます。労組の政治に対する影響力も強い。豪州労働組合のボスのホークとわたしは朋友《ポンユー》で、わたしがＩＬＯの理事をやったとき、かれは副理事で、それこそツーカーの仲で、豪州日産でほとんどストがないのは、かれとわたしの関係のしからしめるところなんです。ホークがたまには日産でストをやらせてくれというから、ダメだ、トヨタの方を先にやってくれとわたしはいう。そういう関係なんです。トヨタでストをやらせて日産はそれを参考にベースアップをやっている。

豪州日産製造の社長だったベック氏が日本に来て、日産に行こうかどうしようか迷ってたときに、かれがヨットをやると聞きつけて、佐島マリーナに連れて行ってわたしのヨットに乗せました。わたしがヨットの上で、かれに日産へ行くと決めさせたんです。話は前後しますが、ホーク氏に〝ミスターシオジ、東京では労使協議でいろいろ話し合うと聞いているが、これをひとつ豪州でもやってもらえないか〟といわれたことがあります。それで、さっそくベックとビークルズ書記長が話し合った。だからこそ豪州日産がまっ先にストをやるようなことはないんです」

二人目の質問者が起立して、用意してきたメモを読みあげた。小見山が注意して観察すると、メモを持つ手が小刻みにふるえている。声もうわずり気味だ。

——英国進出問題について組合のつかんでいる情報を含めて解説していただければと思います。サッチャー政権以降の対応はどうなるんでしょうか。英国政府の補助金、労使関係、そして部品調達の問題はどうなるのか、また資金計画およびそれに伴う金利負担の問題についてもご説明いただきたいと思います。

「事前に組合に相談があれば、英国政府との話し合いに際して注文をつけることもできたんですが、決めてきちゃってどうかといわれても、困るんですよねえ……」

塩路は、いかにも労使の対話不足は経営側に責任があるといいたそうに眉をひそめている。

「新聞や雑誌にどなたが書かせてるか知りませんが、わたしが石原社長の足を引っ張ってるようなことが出ています。まったく事実無根です。外に向かってわたしが英国進出問題に反対といったことは一度もありません。この問題が新聞に発表されてから、わたしはとくに言動を慎重にしているんです。なぜなら将来、最大の問題になると思うからです……」

日産自動車が英国に乗用車工場を建設するためのフィージビリティー・スタディ

ー（FS、企業化事前調査）を行うと発表したのは、昭和五十六年一月三十日のことである。小見山たちが「塩路講話」を聞いた時点で、発表からすでに一年余を経過したことになるが、もちろん最終結論は出ていなかった。発表の骨子は、

①一九八二年にエンジン製造を含む乗用車工場の建設に着手し、一九八六年までに最終目標である年産二十万台の生産体制を整える

②英国および他のEC諸国から部品を調達する

③生産開始時点で六〇パーセント、フル生産到達後できるだけ早く八〇パーセントの国産化率を達成することを目標とする

④スタディーの完了に約四ヵ月の期間を要する

——というものであった。

「わたしはマスコミに対して賛成とも反対とも意見はいってませんが、組合として調査をすすめており、そろそろ労組幹部には検討結果の内容を話してもよいのではないかと考えているところです。きょうはとくに、皆さんに一部を抜粋してお話しします。

豪州の労組のボスから、豪州はミスターシオジがいるからまだ安定しているが、なんで日産はイギリスのような国へ行くのだ、といわれたことがあります。イギリスというのはそういう国なんです。英国労組のセンターになっているのはショップ

スチュワードです。ショップスチュワードとは日産の職場長に近いが、日産の職場長と違うのは勝手にラインを止める権限をもっていることです。これは、法律的に労働協約で与えられている権限ではないが、英国ではまずラインを止めてから、会社と交渉する習慣があるんです。またショップスチュワードは配転、人員配分、人員配置、機械のスピードを速めたり遅らせたり、遅刻、欠勤に対する処分問題、仕事が難しいから変えてくれといったような苦情処理、仕事のグレードの決定、労働条件の問題、出来高給の算定まで、相当高い権限を与えられてるんですねえ。ショップスチュワードがそれぞれのショップごとにこういうことをやっています。隣りの職場は関係ないんです」

塩路は用意してきた資料に時折、眼を落しながら、噛んで含めるような調子で話している。

「英国では登録されるストは少ないが、山猫ストが多いんです。部品調達は容易だと大熊さん（当時副社長）あたりはいってるが、組合の立場からみると、容易なんてとんでもない。BLの工場を見たときのことですが、ラインサイドが部品の山なんです。山猫ストをやるから部品をいっぱい持っていなければならないわけです。仮りに日産が英国に工場をつくって、管理がうまく出来たとしても部品メーカーまでは及びません。しかも運輸労働者のサボタージュがある。日産が進出したとして日英労組協議会をつくって、日産だけラインを止まらないようにできるかといったら、わたしは難しいと思うなあ。日本人は黄色人種だからショップに入って行けるかどうかも心配だなあ……」

　塩路は思い入れたっぷりにしきりに小首をかしげている。

「ちょっと話が脱線しますが……」と笑いながら塩路はつづけた。

「二十年前、わたしがアメリカに行ったとき、アメリカの田舎では日本人なんて見たこともないという人が多かった。それで、日本人とわかると、このジャップ野郎って、石をぶつけられたこともありました。アメリカでさえ、そうなんだから……。イギリスはアメリカほど日本とつきあいがない。アメリカ人は占領軍として日本に来たとき、われわれは同じ人間だよと教えてくれたけれど、イギリス人は同じ人間とは教えてくれないんじゃないかなあ……」

　塩路は、隣りの清水を覗き込むように体を寄せて、

「会田雄次の何という本だったかなあ」

　と、訊いた。

「〝アーロン収容所〟じゃないですか」

　と、清水がこたえる。

「そうそう、〝アーロン収容所〟を読むと、イギリス兵捕虜の女子将校の部屋に日

本兵が入って行く場面があるが、虫けらが入ってきたみたいな顔で、前を隠そうともしない。これがイギリスの男だったら大変です。日本人の男を人間として認めてないんですね。すっ裸でも平気で見せてる。こっちとしてはありがたいかもしれませんが……」

塩路はにやにやしながら喋っている。新任課長たちを見おろすかたちで坐っている労組幹部からも笑い声が洩れたが、聴衆のほうは寂として声がなく、静まりかえっている。塩路にしてみれば、顔をこわばらせ、身体を硬くして聞いている新任課長どもの気持をほぐしてやろう、笑わせてやろう、と仕かけたつもりだが、まったく反応はなかった。

「たとえば道具箱は修理工しか持ってないんです。伝統的に身分制度をつくってる。日航の機長じゃないが、あそこも左巻きの……」

塩路はつむじのあたりに人差し指をぐるりと廻したが、それでも反応はない。会場には異様な緊張ムードが漂っている。

「組合で、大変な階級格差があるんです。ところで英国は政治的に安定しているといってますが、本当にそうでしょうか。いま、英国は最悪の不安定期にある。そういう時期に何で日産は出て行くのか、とある大学教授にいわれたことがありますが、七一年に保守党が労働関係法を制定した。それを七五年に誕生した労働党が撤廃した。八〇年には保守党が再度制定するという具合に、いたちごっこみたいなことをやってます。労働関係法というのは組合弾圧法ですが、政権が代るたびに労使関係が変るんですね。こんな不安定はありません。労使関係は、法律で規制すべきではないんです。労使関係というものは、より自主的なもので、信頼があればあるほど風通しのいい職場になるものです。悪い会社ほど職場は不安定になり、品質も悪化します。サッチャーがストをやったら罰金を取ろうと考えたり、損害賠償を請求できるようにしたいとするのはよくない考えです。

大熊さんは労働党が政権を取っても英国はＥＣから離脱しないといってますが、それはちょっと甘いんじゃないでしょうか。一九九一年にならなければ黒字転換しないという話も聞こえてるし、日本からの完成車輸出を減らしてもらうのが向こうの条件だとも聞いています。とにかく疑問点を並べたてたら百いくつにもなるんですから、ここは慎重の上にも慎重に検討してもらいたい。わたしは疑問点のごく一部を皆さんに話しているに過ぎないんです」

塩路は湯呑みを口へ運び、一息入れて先へ進んだ。

「ついでだからもう少し疑問点をあげさせてもらいますが、英国の乗用車の年間市場は百二十万台です。日本からの輸出が十万台、現地生産が二十万台で、うち十五万台を英国内で売って、五万台はＥＣに輸出するという。百二十万台の中に二十万台の日産車が組み込まれるんでしょうか。英国の〝コルチナ〟がやっと月産一万台です。こうした中で月産一万台以上のニューカマーが出られるんでしょうか。作ったら売れるという発想が甘い。売る方はUKダットサンにまかせて、欧州一コストが高く、英国製は信用できないといわれている中で、あなたまかせで乗用車が売れると思いますか。

〝モートルイベリカ〟も〝ARNA〟も英国への輸出を目論《もくろ》んでいるそうです。私はブリュッセルの閣僚クラスの人と会いましたが、その人は〝日産はECのことを念頭に置いているのだろうか。英国で作った車をECへ輸出できると考えているのか〟と疑問を呈していました。英国がECに加盟したとき、真先に反対したのはフランスです。フランスにとどまらず、英国は他のEC諸国ともしっくりいっていない。英国労働党のスローガンはEC脱退です。そんな国がECの中で最適といえると思いますか。組合が調べた限りでは最適だというデータはどこを押しても出てきません。

アメリカの場合は違います。政府とUAWも、日産にアメリカの自動車産業になってくださいといってます。英国の場合は、日産の進出によってBLを刺激し、活性化させるのが英国政府の狙いだが、アメリカは二十万台どころか百万台つくっても文句はいいません。一方は夢がひろがるが、他方は暗くなるだけで、その前途は比ぶべくもないと思います……」

帰するところこのことがいいたかったのだ、と小見山は思った。塩路が米国で乗用車を生産すべきだと主張していることはつとに知られている。もっとも、それにしては若干矛盾したニュアンスも嗅ぎとれるが……。

「資金力については預金が七千億円もあるトヨタと二千億円、三千億円借金したから大丈夫という日産とどれほど違うかわかるでしょう。トヨタが国内で土地を買い漁《あさ》っているのは、セールスマンの戸別訪問ができなくなったときのための対策なんです。それに対して外ばかり見てていいのかなあ、とつくづく思う次第です」

三番目の質問者が立った。

――トヨタ、日産の競争激化の中でわれわれは商品開発を続けていますが、トヨタに工・販合併の動きが出ています。労連会長として幅広く活動されておられる塩路会長の眼から見て、合併がどのような意味をもつのかご解説いただきたいと存じます。

「マスコミは工・販合併の難しさばかり書いてるが、これは、実はトヨタのマスコミ工作だと思うんです。トヨタの内部は引き締まるからねえ、実にうまいと思う。

これに対して日産の海外プロジェクトについてはいいことばかり報道している。広報あたりが書かせてるのか、これは誇大広告ですよ。強いトヨタが工・販合併の難しさをキャンペーンして、弱い会社がいいことずくめのキャンペーンをやっている。わたしは心配でなりません。

わたしは、社長に〝トヨタは将来に備えて海外で人材教育をやっている。トヨタがアメリカに長・中・短とりまぜて一年間に送る人材は四百人以上といわれているが、日産もぜひやってください〟と進言したことがあります。

トヨタが海外で仕事をする場合、人材にはこと欠かないと思いますが、日産は人がいるんでしょうかねえ。いままで日産は部品メーカーに設計をやらせ過ぎました。海外で車をつくる場合、設計部門を満たすだけでも人がいるんです。トヨタに訊いてみるといろいろやっている。相当凄い会社ですね。自工も自販もわたしを講師として呼ぶんですから……。わたしを講師として呼ぶのは、いすゞ、東洋工業といろいろあるが、そういうところはそれなりに労使の関係を含めて必死の部分もあるし、人材養成に苦労している。

あまり海外ばかりに眼を奪われないようにしなければならないと思います。日本の企業は労使協力でやっているんです。労使画然と分けられないような人間関係でやっているわけです。人間関係の良さでやっている。皆さんは、部下との関係をきちっとしていただきたい。公正な仕事をやってほしいと思います」

質問に答えているとはいいかねるし、論旨に乱れもある。二時間の「講話」で、さすがの塩路も疲労していたのかもしれない。

ともあれ「塩路労連会長の講話」は終った。

拍手の中で、小見山が気づいたことだが、質問者の三人はすべて組合の専従からの下番者《かばん》だったのである。道理で質問書を読みあげる手がふるえていたわけである。サクラであり、なれあいである。シナリオが用意されていたことになるが、毎年こんな茶番を続けているのだろうか、と小見山は思った。

3

小見山の長い話が終った。

「しかし、茶番といえるんだろうか。人事、労務部門が組合の幹部に気を遣うのは、日産に限らず、どこの企業だって同じだろう」

村田が疑問を呈した。小見山があまりにも石原寄りなので、ことさらに水を差したい気持もある。

「それも程度問題じゃないのか。組合から下番してきた新任課長がぶるぶるふるえながら、質問事項を読みあげるなんて、滑稽だしナンセンスだ。茶番といわずしてなんというんだ」

小見山は整った顔を歪めて、ピーナッツを口の中へ放り込んだ。

「日産自動車の英国進出問題は、われわれ第三者からみて、もう一つわからないところがあるが、塩路さんなりに問題意識をもって取り組んでるわけだし、反対論にはそれなりに合理性があるように思えるがなあ」

「会社は、組合の反対に対して、コメントしてないからな。いや、コメントできないんだ。英国政府との交渉がこれから本格的に始まるかもしれないというのに、手の内を明かすわけにはいかんじゃないか。

はっきりいって、組合の反対根拠は、百パーセント論破できるはずだ。だいたい、BLとの共同化とか、BLの設備を利用すれば賛成するなんて、あまりに無定見で、いい加減だよ。BLなんて、日本でいえばさしずめ国鉄で、箸にも棒にも掛からない、どうにもならない会社だ。そんなところと組んでうまくいくわけがないだろう。英国の組合のご機嫌をとりむすび、恩を売りたいのかなんか知らんが……」

「そう興奮するな。ここだけの話だが、ひとつおもしろい話をしようか。いつだったか、塩路さんと飲んだときに、〝石原さんは、もっと僕を活用すべきだ。僕を敵に廻したら損じゃないか。一度腹を打ち割って話してもいいと思ってる〟という意味のことをいわれたことがある。もっというと、明らかに、石原さんとの仲を取りもてと、俺に謎を掛けてきたというか、俺に協力を求めてきたという感じだった。

俺はさっそく石原さんのところへ走った。〝塩路さんと一度飲みませんか〟と気を引いてみたが、石原さんはちょっと考えてたけれど、〝きみ、フィクサーみたいなことをしちゃあいかんよ。きみは新聞記者だろう〟といって乗ってこなかった。

ある経済誌の人が二人の仲を取りもって、引き合わせたことがあるらしいが、石原さんにそういわれたとき俺は考えた……」

村田は二つのグラスにビールを注いでつづけた。

「石原さんは少し大人気ないんじゃないのかということだ。塩路さんのほうからすり寄って来てるんだから、受けとめてやったらいいじゃないか。少なくとも突き放すことはないだろう。なにも顔色をうかがったりお世辞まで遣う必要はないが、直球ばかり投げてないで、たまには変化球を投げてもいいじゃないか、と思った……」

「さっきも話したが、石原社長は、すり寄ってくる人を寄せつけない人だからね。照れ屋という面もあるんだろうけれど、派閥を作ってはならないというのがあの人の信条なんだ。塩路を利用したり、塩路と結託してのし上がろうとしている情けない重役がたくさんいるが、それは塩路派という派閥なんだよ」

ビールは四本目になっている。アルコールが廻ってきたせいか、小見山はやたら元気がいい。塩路といつの間にか呼びすてになっている。

「塩路を退治しない限り日産は絶対によくならない。塩路派を一掃することが、日産にとっていま一番大事なんだ。焦眉の急といってもいい」

「派閥のメリットはないのか。人間なんて弱いものだから、群れたがるものなんだ。派閥というのは活力になる。競争原理が働くからな」

「なにいってるんだ。ムダなエネルギーを使うことのロスを考えてみろ。はるかにマイナスのほうが多いよ」

「話が逸《そ》れたが、俺は塩路さんを退治するなんて考え方は、非現実的だと思うな。ハエやゴキブリじゃあるまいし、あれだけの勢力を持った男だぜ。おまえ、自分のことを考えてみろ。いま、石原さんの風がいくらか強く吹いてるから、石原さんのほうに靡《なび》いてるが、社長が交代して、塩路さんの風が強く吹き始めたら、以前俺から逃げ廻ってたように、俺のところへなんか来やせんだろう。案外、塩路さんは立派な人だなんて、ぬけぬけといってくるんじゃないのか。それがサラリーマンだっていってしまえばそれまでだが、ま、塩路さんの毀誉《きよ》褒貶《ほうへん》はいろいろあるだろうけど、メリットのほうも見てやらなかったら、おかしなことになる。

　要は石原さんと塩路さんがお互いに対決的な姿勢をとらずに、どうやって折り合いをつけ、妥協点を見出していくかの問題なんじゃないのか」

　小見山は、村田の強烈な皮肉に鼻白んだが、辛うじていい返した。

「とにかく、新聞記者としてファクト、事実を冷静に見てもらいたいな。塩路の実像に少しでも触れたとき、村田がなんというか聞いてみたいもんだ。

それと、一つだけいわせてもらうが、石原社長は対決的な姿勢なんてひとつも取っていないよ。泰然自若たるもんだ。塩路が一人相撲を取っているに過ぎない、と俺は思う」

「お手並み拝見というわけだな。ご忠告に従って、せいぜい実像、実体に迫る努力をしてみるとしよう」

村田は皮肉な笑いを浮かべて、小見山を見やった。

第三章　静かなる対決

1

塩路一郎・自動車労連会長が経団連で記者会見し、日産自動車の英国進出に反対を表明したのは五十八年八月十八日だが、その五日後の二十三日の午後、塩路と石原俊社長とのトップ会談が東銀座の本社新館十四階の社長応接室で行われた。

「記者会見までして反対しなければならんことかね」

「英国政府に組合の意向を知ってもらうためにやったんです」

「組合が反対していることは百も承知してるんじゃないのかな」

「反対の根拠、理由もはっきり知ってもらう必要がありますから……」

「それなら大使館へ行って、コータッチ駐日大使に会ったらいい。それでも足りないと考えるんなら、サッチャー首相に手紙を出すなり、直接英国へ行って会ってきたらどうなの。企業内組合のリーダーが記者会見して反対を表明するということの異常さが、きみにはわかっていないのかね」

石原はつとめて気持を抑制し、声量も落しているつもりだが、知らず知らずのうちに声高になっている。

塩路も負けてはいない。俺は労働界のリーダーであり、背後には二十三万人の日産圏の組合員がついている——とわが胸にいいきかせるように、ぐいと顎を突き出して言い返した。

「サッチャーに会いに行くなんてことを会社がゆるすわけがないでしょう。だいたい、経営側が組合の意見を無視したことが問題なんです」

「組合が反対したら、なにもできないというのでは経営は成り立たない。それでは組合管理会社になってしまう。とにかく中央経協でじっくり話し合おう。これは内輪の問題なんだから」

石原は来客の予定があったので、こう言い終るとゆっくりとソファから立った。

英国進出問題に関する日産労使の中央経営協議会は九月十四日、二十二日、十月四日、六日、十七日の五回開催された。メンバーは経営側、組合側それぞれ数名である。双方が考え方を説明するときは担当役員なり、事務局長の清水春樹などの組合幹部が話すこともあるが、やりとりになると石原と塩路に発言が集中しがちである。しかし、両者がテーブルを叩いて激昂するなどという場面はない。むしろ対決ムードはなく、至って静かで、見ようによっては低調とさえいっていい。

ただ、石原だけはなんとしても説得したい、わかってほしいといった気概を見せて、英国プロジェクトの必然性を説いてやまなかった。対照的にいつもは多弁なはずの塩路のほうは、しらけているのか口数が少ない。

第一回目の中央経協では組合側がマスコミに発表した反対の真意を、会社側は最近の英国プロジェクトを取り巻く諸情勢を、説明しあうにとどまった。

第二回目は〝グリーンフィールド〟という言葉についてやりとりがあった。これは組合非汚染地帯という意味だが、組合側はＢＬ（ブリティッシュ・レイランド）との共同化、すなわち両社の労使四者による事前協議制の導入に固執していることを示した。組合の組織化を前提に進出するのが成功の近道というわけだが、経営側は合弁事業の難しさとＢＬという企業体質の脆弱《ぜいじゃく》性を指摘し、ＢＬと提携する可能性を否定した。

第三回目は、ＥＣに拠点をもつ狙いとそれがイギリスでなければならない点を経営側が説明、それに組合側が反論した。

四回目は経済性の問題について論議したが、経営側は英国政府との条件いかんで採算見通しは十分あると強調している。

第五回目は、すでに論議をし尽した感じで、双方とも系統だてて説明し、主張するということはほとんどなく、現地の販売問題で若干の議論がみられた程度である。

「どんなプロジェクトでもリスクがゼロなどということはあり得ません。ある程度のリスクは覚悟しなければならないが、日産の海外戦略にとって英国への進出は不可欠というのがわれわれわれの判断です」

「やみくもに反対しているわけではないんです。政治的配慮をしなくていいんだったら、やめたほうがいい。しかし、なんらかの配慮が必要なら、それに見合う対策を労使が協議してきちっとやるべきなんです」

石原と塩路のそんなやりとりを聞いていて、塩路の姿勢が微妙に変化してきていると受けとった者がいないでもない。

2

眼を窓外に向けると恩賜公園芝離宮が風景画を見るようにほしいままに一望できる。これ以上の借景は望めない。

Ａ新聞記者の村田修一郎は、浜松町駅に近い自動車労連会館の四階会議室で、時計を気にしながら塩路一郎を待っていた。

十一時の約束だが、すでに正午近い。緊急事態が発生し、立ち寄りのため少し遅れる、と応対に出た者に聞かされているが、もう五十分も待たされている。

「石原社長が五時間も待たされたくらいだから、われわれチンピラ記者が一時間ぐらい待たされるのは仕方がないですね」

「恐れ入ります。よんどころない用件が出来《しゅったい》しまして。もう見えると思います」

若い応対者が、村田の皮肉たっぷりなものいいに恐縮して低頭した直後に、塩路があらわれた。黒っぽいブレザーに、グレーのスラックス、赤いチェックのネクタイ。陽焼けした顔はつややかに黒びかりし、櫛目《くしめ》のはっきりした髪は黒々としている。

「お待たせしました。急な立ち寄りがありまして、申し訳ありません」

塩路は遅刻を詫《わ》びながら、窓を背にテーブルに着いた。

「きょうはたっぷり時間をとりましたから、ゆっくりお話ししましょう」

「次の予定がありますから、そうもいかんのです」

村田はにこりともせずに返して、待たされた腹癒《はらい》せから、いくらかつっかかるような口調で、さっそく質問を発した。

「旧聞に属しますが、英国進出反対の記者会見は、評判がよくなかったですね。やろうかやるまいか、ずいぶん迷ったようですけど、あそこまでやるのはゆきすぎじゃないですか」

「あなたの言いかたにも感じるんですが、日本では労組の社会的地位が不当に低く評価されてるような気がしますねえ。組合は発言すべからずという意識が強すぎるんです。国民から認知されてないのかなあ。あなたも、どこかの会社の社長さんみたいに、たかが組合長とおっしゃりたいんでしょう」

塩路は薄く笑いながら切り返した。

「そんなことはいってませんよ。ただ……」

塩路が村田の話を遮った。

「三年前の二月に、わたしは自動車総連の会長として、フレイザーUAW会長を日本に招待したところ、新聞や雑誌にこてんぱんにたたかれました。まるでわたしが日米自動車摩擦の仕掛け人みたいにいわれましたが、わたしに対する批判の根に労組蔑視《べっし》があると思うんです。フレイザーは記者会見で〝あなたはどういう資格で来日したのか〟と再三訊かれました。まるで、労組の代表が日本の自動車会社の米国進出とか輸出自主規制の問題で発言するのはおかしいといわんばかりで、〝大平首相、大来外相、佐々木通産相、藤波労相などと会談するなど、労組の代表として破格の待遇を受け……〟などと書いた新聞もあるくらいです。わたしがフレイザーを大平さんに会わせたことが越権行為みたいにいわれもしたし、たかが労組幹部とか、フレイザーごときといった論調なんですから、驚くじゃないですか。フレイザーの来日が、火がつきそうな日米自動車戦争の鎮静化にどれほど効果があったかは、その後の推移を見れば一目瞭然でしょう……」

塩路は、渋茶を喫《の》んで、息をついてから、話をつづけた。

「フレイザーの前任者のウッドコックは中国大使になりましたが、マンスフィールドが中国大使になるはずだったのがウッドコックと入れ代って、マンスフィールドが日本大使になったことを、わたしはフレイザーから聞いたんです。同じ五十五年の八月に来日したアメリカのマーシャル労働長官に、フレイザーを呼んだときの〝たかが労組幹部〟的な新聞の論調を話しましたら、〝そのたかが労組幹部はアメリカの最重要人物の一人で、わたしが労働長官に任命されることを最初に電話で知らせてくれたのはフレイザー氏です〟と笑いながら話してました。マーシャル長官は、フレイザーがいかに重要人物で、米国政府に強い影響力をもっているかを暗にいわれたわけです。アメリカに限らず西ドイツなどもそうですが、労使は対等という認識が浸透している。その点、日本はいまだに〝たかが労組幹部〟というおかしな先入観なり固定観念があらためられていないんです……」

放っておいたら、際限なしにつづきそうなので、村田は強引に口を挟んだ。

「日産の英国進出問題に戻りますが、塩路さんが記者会見して反対をぶちあげるのは、われわれジャーナリストとしてはニュースが増えてありがたいようなものですけれど、企業内組合のリーダーとしての立場を逸脱してるように思えますねえ。労使が話し合えば済む問題でしょう」

「日産自動車の英国進出問題は、英国政府が介入してますから、私企業の枠を超えてるとは思いませんか。それと、われわれ日産労組の姿勢を明確に英国政府に知らせたかったんです。わたしが記者会見をやったもう一つの狙いは、膠着《こうちゃく》状態の労使の協議に変化をもたらしたかったという点ですが、その後中央経営協議会が頻繁に開かれるようになった事実を考えれば、それが無意味じゃなかったことを示していると思うんです」

「しかし、企業イメージ的にはどうなんですか。相当なマイナスでしょう」

「石原さんが社長になってから、企業イメージは落ちる一方ですねえ。あの人が社長にとどまっている限り、日産はよくならないと思います」

　質問の意味を取りちがえたのか、わざとはぐらかしたのかわからぬが、塩路は石原批判を延々とつづけてから、表情をぐっとひきしめていった。

「これは闘いなんです。闘いである以上、負けるわけにはいきません」

出前の鰻《うなぎ》の蒲焼き定食がテーブルの上に並んだ。

村田は、塩路にすすめられて、重箱の蓋をあけた。肉厚な蒲焼きに滲み込んだたれの香りが食欲をそそる。豪華な昼食を前にして、気が引けぬでもなかったが、村田は持ち前の図々しさを発揮して、無遠慮な質問を浴びせかけた。

「塩路さんのお話を聞いていると、結局感情論じゃないかっていう気がするんですよ。エモーションとエモーションのぶつかりあいに過ぎないんじゃないですか」

「石原さんにはほとほと愛想が尽きました。だってそうでしょう。打つ手打つ手がすべて外れるんですからねえ……」

塩路は箸で鰻の皮を剝がしながらつづけた。

「かえすがえすも残念でならないのはナイジェリア・プロジェクトです。五十二年だったかなあ、あのときうまく立ち回ってたら、日産の海外戦略はずいぶん変ったものになっていたと思います」

村田のほうは、どんどん食事を摂っているが、塩路は話すほうが忙しくなかなかすすまない。

「ナイジェリア政府の引き合いに日産は応札したんですが、わたしは西独のシュミット政権とコンタクトをもってましたから、日産のナイジェリア・プロジェクトをシュミット政権がどう考えているかちゃんと伝わってくるんです。フォルクスワーゲンは、ナイジェリアで国産化率が上がらず苦労してるんですよ。部品工業がなく、アッセンブルの基盤がないですからね。要するにシュミットは日産にナイジェリア・プロジェクトをすすめてもらいたくない、できたらやめてもらいたいと考えてたわけです。そうした情勢をふまえて、わたしはナイジェリア・プロジェクトをやめて、西独政府とフォルクスワーゲンにペーパープランを高く売りつけたらどうかと日産の経営陣に進言したんです。ナイジェリア政府に断るのは西独政府にやらせればいいわけです。つまりナイジェリア・プロジェクトをうまく利用してフォルクスワーゲンと手を握ることができたわけです。

あの時点でワーゲンと提携していたらスペインなどに進出する必要もなかったし、米国も英国プロジェクトも変ってましたよ。投資額はうんと少なくなって、リスクの度合いもはるかに軽いものになってたでしょうね」

塩路は話が一段落して、やっと食事にかかりはじめた。

鰻の蒲焼き定食を片づけて、番茶を飲みながらの話になった。

「わたしの進言を容れてれば、日産は安泰だったんです。石原さんは経営者失格ですよ。それでも頑張ってるんだから、人間性を疑いたくなるなあ」

「塩路さんが社長になればよかったんですか」

「昔はそう思ったこともありますが……」

塩路は遠くを見るような眼をして、つづけた。

「昭和三十五年にアメリカへ留学して、ハーバードのビジネススクールで勉強したんですが、生後八ヵ月の長男のことが心配で心配で、夜も眠れなかったくらいです。あのとき、寒々としたベッドの中でハッとしたんです。俺は子供のことばかり心配してるけれど、子供を思うほど組合員のことを心配できるだろうか。子供を思う気持と同じ程度に、組合員のことを心配しなければいけないんだと――」

「つまり、一生を労働運動に捧げるということですか」

「まあ、そうですね」

当時、塩路は三十三歳。宮家愈《みやけまさる》・労連会長の引きで日産労組のヒラの執行委員から副組合長に昇格した直後であった。アメリカの国務省の招きで渡米し、ボストンのソールヤールフィルドの寄宿舎の一室で、家族のことを考えながら、会社のために、組合員のためにも頑張らなければならない、と心に誓ったという。

シングルのベッド、書棚、デスクを備えた小さな部屋で、辞書と首っ引きで予習に余念のない塩路は勉強に疲れると、ベッドに横たわる。

ふと、あどけない幼児の顔が眼に浮かぶ。元気にしているだろうか――。居ても立ってもいられぬほど心配になってくる。ときには組合の仲間の顔を思い出すこともある。「子供のことを心配するように組合員を思う気持を持たなければならないと心に刻んだ」という塩路の述懐は、つくり話や口から出まかせとは思えない。

「〝塩路天皇〟にもそんな時代があったんですかねえ」

村田は話の腰を折るつもりはないし、皮肉をいったつもりもなかったが、塩路はむすっとした顔になった。

「〝天皇〟といわれたのはわたしだけではありません。わたしの前の組合長はどなたも〝天皇〟といわれたようですよ。〝益田天皇〟とかね」

「ついでにお訊きしますが、塩路さんをCIAの一員じゃないかという人がいるんですが」

「まさか……」

塩路はあきれた顔でつづけた。

「逆にCIAとおぼしきものにウオッチされたことはあります。アメリカ留学中のことですが、わたしが労組の幹部ということと、アメリカのおカネで留学したわけですから、アメリカにとって好ましからぬ人物だったらおもしろくないですもの、当然といえば当然でしょう。渡米前に厳重に調査された記憶があります」

村田が塩路に面談を求めたのは、英国進出問題で中央経営協議会の動きをつかみたかったからだ。村田は、しつこく念を押したが、塩路は従来からの反対論を繰り返すだけで、「わかってもらえると思う」という石原の発言を裏付けるものは何も出てこなかった。

自動車労連会館を出て、タクシーを待っているとき、村田は小見山健の顔を思い出した。小見山は高校時代のクラスメートで、日産自動車本社の経営管理室付課長だが、塩路の実像、実体を冷静に見てほしい、と言っていた。毎年二月に、新任課長に話して聞かせるという「塩路講話」について、たしかめるのを忘れていたことに、村田は気づいたが、引き返す気はおこらなかった。

それにしても、話術家だとは思う。我田引水や牽強付会な点がないとはいえないが、初めて塩路に会って、滔々《とうとう》とした話しぶりに接したとき、村田は塩路に引き込まれ、凄《すご》い男だと脱帽したことを憶えている。しかし、きょうの塩路はおかしい、と村田は思う。小見山に吹き込まれたことが影響しているとは思うが、自分の会社の社長をあれほどあしざまにいう労組リーダーがほかに存在するだろうか——。

別れ際に、「石原社長にクンづけで呼ばれて怒ったそうですね」と訊いたら、塩路は「内輪ならなんと呼ばれてもいいですが、第三者の前で若僧扱いはないでしょう。電話で抗議しました」という意味のことを話していた。しかし、そんなものだろうか。石原と塩路の年齢差は一回りではきくまい。いくら自動車総・労連の会長で、いまをときめく労働界のリーダーだとしても、相手は自分の会社の社長なのだ。塩路クン、と呼ばれて、そんなにも腹が立つものだろうか——。

3

　塩路と別れたあと、村田は日産自動車の本社で大熊政崇《まさたか》に会った。大熊は六月末まで副社長として海外事業を担当し、英国プロジェクトを立案、推進してきた。顧問に退いてからもこの問題には関与している。興銀の出身で、昭和四十一年に日産自動車に転出、三期六年、代表取締役副社長として石原社長を補佐した。メタルフレームの眼鏡の奥で、眼を和ませながら話をするが、歯切れの良さが身上で、はっきりものをいう。

「そろそろ大詰めですね。英国プロジェクトの張本人としては気が揉めるでしょう」

「張本人なんて、わたしが悪いことをしたみたいじゃないですか」

　大熊は端正な顔をしかめた。

「それじゃあ、生みの親ですか」

「それもおかしいなあ。難産してるが、必ず元気で良い子が生まれますよ。生みの親は石原社長です。社長の熱意、いや執念といってもいいと思うが……」

　大熊はもう眼もとを和ませている。

「英国プロジェクトは海外戦略の中核というか、このプロジェクトを欠いてグローバルな展開は望めません。ヨーロッパには一千万台の需要があるんです。英国病とか、山猫ストなどというと、いかにも英国の産業が活力を失って停滞しているみたいに聞こえますが、国営はいざ知らず民間企業はそんなことはないんです。考えてもごらんなさい。数多《あまた》の日本企業が英国に工場進出して、成功してるじゃありませんか。日本精工、松下電器、吉田工業、ソニー、積水化学、東芝、日立、三菱電機、東レ、保土谷化学……」

大熊は折った右手の指を小指から一本ずつ開いていったが、開き切ったところで、固有名詞をあげるのをやめて、つづけた。

「まだまだあるが、進出の動機はマーケットの確保とか、輸出基地の確保とかいろいろあるけれど、日立や三菱電機は従業員二千人以上の大工場です。創業以来、組合がストを一回もやっていない企業だってある。要は組合の選びかたの問題なんです。それと交渉窓口の組合を一本にしぼって、日本的な経営をやれば問題はありません」

大熊はまた指を折りはじめた。

「二二パーセントの資本補助金でしょう。一〇パーセント程度の選別的補助金、それに利子補給、税制上の優遇措置は大きい。われわれがいろいろな地域を比較検討して、英国がベストだと判断したのは、それなりに根拠があるからです。〝グローバルテン〟ということをわれわれはいってます。つまり、全世界の乗用車登録台数に占める日産車のパーセンテージを一〇パーセントにしたいという目標を掲げてるわけだが、英国における日産車の登録台数は、七九年の実績で十万二千台、英国全体で百七十一万六千台だから約六パーセントになる。日本からの完成車輸出には、貿易摩擦の問題などを考えるまでもなく限度があるから、どうしたってヨーロッパでの工場立地を考えなければならない。そもそも、輸出のウェートが五割以上というのが異常なんです」

村田は、もちろん広報室を通じてアポイントメントをとったうえで大熊を訪ねてきたのだが、大熊はてぐすね引いていたとみえ、数字をぽんぽん出してくる。

メモもとらずに、つまらなそうに聞いている村田に気づいて、大熊はかすかに眉をひそめた。

「こんな話は釈迦に説法かな」

「そんなことはありません……」

村田はあわててかぶりを振り、取って付けたようにズボンの尻のポケットからメモ帳を取り出した。

「中央経営協議会の話を聞いてませんか」

「僕はもうメンバーじゃないから、なんにも知りませんよ」

「でも、いろいろ聞こえてくるでしょう。大熊さんは英国プロジェクトのプロモーターというか責任者だったんですから」

「いずれにしてもゴーでしょう。時間の問題だと思います。ポイントは英国政府からいかに好条件を引き出すかですが、ここから先は企業秘密に属することなので話せません」

「莫迦《ばか》に落ち着いてますけど、塩路さんはあれだけ大きな声で反対したんだし、〝組合としては重大な決意をもって対処せざるを得ない〟なんて凄んだくらいだから、そう簡単には引き下がれないでしょう」

「それを期待してるみたいな口ぶりだね。それにしても組合が英国プロジェクトでやたら危機感を煽《あお》るのは理解できんなあ。由々しき問題です」

「英国プロジェクトについて、塩路さんに最初から相談してたらどうなってましたかねえ。案外スムーズにいってたんじゃないんですか。人間なんて多分に感情的なものですから、後から話を聞いたのと、初めから相談されてたのとでは、受けとめかたがまるっきり違うと思うんですよ」

村田は、小見山から聞いた「塩路講話」を思い出していたのである。「塩路講話」の中で、塩路は〝事前に相談があれば、英国政府との話し合いに際して注文をつけることもできたんですが、決めてきちゃってどうかといわれても、困るんですよねえ……〟と発言している。俺ほどの男を袖にするとは、といった塩路の思いが、その発言の中に出ているようにとれないでもない。石原なり大熊が塩路と相談しながら計画をすすめていたら、あれほどエキセントリックに反対してたであろうか。しかし、そこまで塩路の顔色をうかがうのは、塩路を増長させるだけだし、ふつうの企業では考えにくいことかもしれないが——。

この点について、村田は石原にも質問したことがあった。そのとき石原は返事をためらったが、表情をひき締め、慎重に言葉を選んで話したものだ。

「僕が先生をおだてたりすかしたりしてたら多少は違ったかもしれないが、そんな姑息《こそく》なことはしたくない。だいいち、多くの日産社員は失望するだろう。社員は僕の一挙一動を見守っている。これまでと違って、労組に対して毅然《きぜん》たる態度で臨んでいる。へたに妥協したら僕は皆んなを裏切ることになる」

村田は大熊の返事を待ったが、大熊は憮然《ぶぜん》とした顔であらぬほうを見ている。

「塩路さんにしてみれば俺がこれほど心配してるのに、といいたいところなんでしょうね」

「ずいぶん気を遣ってるつもりだが、気の遣いかたがまだ足りないといわれたらそれまでですよ」

大熊は投げやりにいって、顎を突き出して天井を見ている。

村田は仕方なく話題を変えた。

「塩路さんがナイジェリア・プロジェクトで経営側の対応の悪さを指摘してましたよ。フォルクスワーゲンと提携できるチャンスだったのに、惜しいチャンスを逸したんじゃないのですか」

「FS（フィージビリティー・スタディー）チームを設けていろいろ検討したのですが、ナイジェリアの経済事情の悪化とか、部品工業が存在しないとか、風土病の問題とかいろいろありましたからねえ。フォルクスワーゲンとの提携にしても、そう簡単なことじゃないですよ」

「シュミット首相が来日したとき、日産は工場見学を断ったそうじゃないですか」

「……………」

大熊は質問の意味が呑み込めないと見え、眼をしばたたかせた。

「塩路さんから聞いた話ですが、日産に断られてやむを得ず鎌倉見物に変更したといってましたよ」

「そんな莫迦な！　常識で考えたって、そんなことがあり得るわけはないでしょう。一国の首相が外国を訪問するとなれば、外交ルートを通じて事前にすべての日程が決められる。サッチャーさんにしても鄧小平《とうしょうへい》さんに座間工場を見学してもらったときもそうですが、日程は前もって決まってるんです。シュミットさんが日産の工場を見学したいといってきたら、歓迎しないわけがないでしょう。塩路氏がほんとうにそんなことをいったんですか。事実なら、いいがかりもはなはだしい……」

「わたしの聞きちがいですかねえ。いや、たしかにこの耳で聞きました。わずか一時間前の話だから間違えるわけがないですよ。どうして、そんなすぐにケツが割れるようなことをいったんですかねえ。シュミットと親しいことを強調したかったのかなあ。あの人は目立ちたがり屋だから」

村田はしきりに首をひねっている。

「ただ、塩路氏がシュミットと面識があることは事実ですよ。十年以上前ですが、シュミットが経済大臣のころ、塩路氏の紹介で、僕は一度ドイツへ行ったときに会った記憶があります」

村田は、十一時から四時間近くも取材したわりには、充実したものがなく疲労感だけが残ってるような気がしていた。

ただ、大熊が指摘した中で、英国政府からいかに好条件を引き出すか、という問題については、十月六日の中央経営協議会でも論議された。かつて石原が英国のキース・ジョゼフ産業大臣と会談した際にプロジェクトの採算性についてやりとりが行われている。

石原が訪日中のキース・ジョゼフ産業大臣と会談したのは二年前、五十六年の秋である。

この会談にコータッチ駐日大使が同席しているが、当時日産は英国プロジェクトのフィージビリティー・スタディー（企業化事前調査）に取り組んでいる最中であった。

私企業である以上、収益見通しのないプロジェクトを推進できないのは当然だが、石原はジョゼフとの会談の中で長期にわたる収益見通しについて触れている。そしてローカルコンテント（部品の地元調達比率）に双方とも固執し、この点に英国と日産がどう対処していくか、つまり綱引きが行われつつあることが汲みとれる。

「貴社の英国進出については、貴社が利益《プロフィット》を確信したうえでなされねばならないことは、いうまでもありません。このプロジェクトの背景に、日英間の自主規制措置の問題があることに思いを致していただきたい。自主規制措置は日本車が英国市場を洪水のように侵蝕することを恐れて導入されたものですが、今後現行の規制以上に厳しい規制が、英国のみならず他のヨーロッパの国々で長期間必要であるということを理解していただきたいのです」

ジョゼフは長期的な採算性の問題も重要だが、貿易摩擦の問題を忘れないでほしいと念を押したわけだ。

「英国にすでに進出している外国の自動車会社といろいろな面で差別するようなことはありませんでしょうね」という石原の質問に対して、ジョゼフは「もちろんです」と答えている。

両人は英国から他のヨーロッパ諸国へ輸出するに際しての為替レートの問題についても言及するが、ジョゼフは「日産が英国に進出することになれば政府、国民、労組のすべてが温かく歓迎します」と強調し、前向きの結論を期待して、三十分の会談は終った。

第四章　日産労組の歴史

1

　十月十九日の朝、日産自動車本社経営管理室付課長の小見山健は、出勤するなり同僚に「日経産業新聞」を突きつけられて、怪訝《けげん》な顔でそれを手にした。二十三面があけてあり、同僚が指で示したところを眼で追って、小見山は息を吞んだ。

　百行ほどの囲み記事だが、川又克二会長の顔写真入りで「企業内組合のけじめを」〝日産労使対立問題で川又会長〟の三段見出しにつづいて、「〝独走〟塩路氏に忠告」「労組との一線を明確に」の横見出しが眼に飛び込んできたのである。

　一問一答形式で記者に川又会長が答えている。

「週刊誌に塩路君の対談が出ていたが、あっちこっちでコブシを振り回してどうするのか。組合はいいもんだ。何でも出来て……」「組合は独自性を持っているとはいえ、日本の組合は企業内組合だから米国と同じ考えではだめだ。塩路君も日産の従業員なのだから……。おのずと従業員としての限度、責任の範囲があるはずだ。自分ひとりの判断に頼っている。俺はこう思う、みんなついて来い、という考えは受け入れられない」

読み進むうちに、小見山は顔が熱くなり、動悸《どうき》を覚えた。

――会長のそういう考えを塩路氏に伝えているのかとの質問に対しては、川又会長は、

「話している。塩路君は協調路線が軸となった現在の日産労使関係の基礎を築いたかのように言っているが、それは違う。路線をしいたのは宮家《みやけ》（愈《まさる》・初代自動車労連会長）君らで、三十七年に塩路君が引き継いだ。当時、彼は初年兵だった。その当時は彼も会社に熱心だったし、相互理解も出来ていた。我々も彼が労働界で大成することを期待し応援してきた。現在の経営側を敵視するやり方、態度は納得できない」

と答えている。

最後に、川又は英国進出には基本的に反対だが〝絶対反対〟ではないとし、もしかしたら、出る方が良いかもしれないし、また、その望みもある、といっている。

（聞き手は長谷川秀行記者）とある。小見山は長谷川記者の顔は知らないが、署名

入りの記事を何度か読んでいる。辣腕《らつわん》記者として聞こえていることは知っていた。

小見山は〝近来にない快挙であり、朗報だ〟と心の中で快哉《かいさい》を叫んだ。ほんとうに、よくぞ書いてくれた、と思う。欲をいえば日経本紙なら、もっとよかったのだが……。この記事のコメントにもあるが、日産の労使協調体制の推進役として長い間、塩路労連会長との蜜月関係を保ってきた川又会長も、最近の塩路のハネ上がりぶりに、ついに堪忍袋の緒が切れた、ということだろうか。〝どんなに親密であっても、労使関係には越えられぬ一線がある〟とも川又会長は強調した。

小見山は、日経産業新聞を読み終ったあと、広報室に電話を入れた。全部、話し中である。指が痛くなるほど何度もダイヤルを回して、やっと通じた。

「経営管理室の小見山ですが、課長は？」

「電話中です」と若い女性社員の声がし、男の声に代った。

「中津川です。日経産の記事のことですか」

「うん。よくわかるな」

「八時からその問い合わせで、てんてこ舞いですよ。課長の自宅に朝の六時半に電話をかけてきた部長がいるそうですよ。自宅で日経産業を購読してるなんて、熱心な人もいるものですね」

中津川は三十三、四歳の係長クラスだが、声がうわずっている。

「この記事は事実なんだろうな」

「もちろんです。一問一答の記事をデッチあげるなんて、いくらなんでもそんな神わざはできないでしょう。だいいち署名入りの記事じゃないですか」

「長谷川記者はじかに川又会長に会って聞いたんだろうか。電話取材ということも考えられるが……」

「会ってます。それも間違いありません」

「きみ、なんだかうれしそうだな」

小見山はあたりに眼をやりながら、ぐっと声を落した。

「うれしいに決まってるじゃないですか。久しぶりにスカッとしました」

中津川も声量を落したが、はしゃぎ過ぎと思えるほど興奮している様子が受話器を通して伝わってくる。

興奮したのは小見山と中津川ばかりではない。この朝、東銀座の日産自動車本社は、役員も管理職もヒラ社員も上気した顔で、日経産業新聞の記事を貪《むさぼ》り読んだのである。記事のコピーが社内を駆けめぐり、広報室の電話は社内からの問い合わせで鳴りっぱなしで、室員はほとんど仕事にならなかった。

仕事が終ってから、帰りに一杯やった日産マンはゴマンといたと思える。小見山もその一人で、部下と赤ちょうちんで気焔をあげた口である。

だが、当惑した者、眉をひそめた者も少なくない。それは浜松町の労連本部に籍を置く組合の専従者ばかりではなかった。役員の中にも管理職にも浜松町（労連本部）のほうが気になって仕方がなくて、息をひそめて塩路の反撃、出方を見守っていた者がたくさんいる。記者の署名入りの記事に対してさえ、〝おかしい、なにかの間違いではないか〟と考えた者は一人や二人ではない。それは、〝悲しき日産マンの体質《さが》〟としかいいようがないほど、骨髄に徹した〝怯え〟といってよかった。二十年余にわたって蟠踞《ばんきよ》してきた塩路の手垢やしみが一朝一夕にして拭われたり消えさるとは思えない——。

小見山は、その夜、一杯機嫌で十一時に帰宅したが、シャワーを浴び、スーツをパジャマに着替えて、もう一度新聞のコピーを食卓にひろげて独り悦に入っているところへ、村田から電話がかかった。

「まだ起きてたのか」

「いま帰ってきたばかりだ。先日はすっかりお邪魔しちゃって申し訳ない」

「莫迦《ばか》にご機嫌だね」

「よくわかるねえ」

「小見山が例の記事をうれしがって読んだことぐらい察しがつくよ。あの程度の記事でフィーバーにかかるとは、日産って会社はどうなってるんだ」

村田はライバル紙にしてやられた悔しさからか、ふんといった感じで厭味をいった。

「俺にいわせれば、川又会長が英国進出で反対意見をもつのはしようがないとしても、石原さんと塩路さんとの対立関係の中で、高みの見物はいただけないよ。自分が石原さんを後継者に指名しといて、知らん顔はないよね。塩路さんを諫《いさ》め、抑えるのが川又さんの立場だろう。それを評論家みたいな口きいてるんだから、おかしいよな。ま、眠れる獅子がやっと眼がさめたってところかな。いや、獅子は石原さんだからなんていったらいいのかねえ」

「なんだか、風向きが変ったね。塩路さんと喧嘩《けんか》でもしたのかい」

「なにいってるの。しかし、小見山先生に洗脳された影響かもしれないな。塩路さんに会ったけど、あれだけ盛大に石原さんの悪口ばっかりいわれると、百年の恋もさめるよ。エキセントリックというかビョウキに近いね」

「……」

村田はにやりと口もとを崩して、受話器を右手から左手に持ち替えた。

「昼間、会社のほうへ電話をかけようと思ったんだが、新聞記者を嫌ってるらしいから、遠慮したんだ。これでも気を遣ってるんだ。実は電話したのは宮家氏のことなんだ。面識はあるのかい」

「会ったことはないが、凄《すご》い人らしいね」

「どこに住んでるんだろう。一度会ってみたいと思ってるんだ」

「たしか鎌倉じゃないかな。古い人に訊けばわかると思うが……」

「わかった。それだけ聞けばこっちで調べるからいいよ。宮家さんていう人は、初代労連会長で、塩路さんの恩人だとか聞いたことがあるが、それにしては日産の三十年史に一行も出てこないらしいな。そのへんがちょっと謎めいて興味があるところだ」

「なんだ、そんなことまで知ってるの。あまり変なことをほじくらないでよ」

「いまさらなにいってやがる。さんざん人を焚きつけておいて」

「お手やわらかに頼むよ。ただ、石原社長がお気の毒で見てられなかったんだが、川又会長も態度を旗幟《きし》鮮明にしたようだし、この際は静かにしててもらってたほうがいいんじゃないかなあ」

「勝手なやつだ」

　電話が切れたあと、小見山はちょっと不安な気持になっていた。たしかに寝た子を起こすようなことをしたのは俺だが、村田がどんなことを新聞に書くか心配だった。

十月二十日の午前十時三十分に、労連事務局長の清水春樹が本社に川又克二を訪ねてきた。二人は、新館十五階の会長応接室で三十分ほど話した。

「〝初年兵〟はちょっとひどいんじゃありませんか。塩路会長は気にしてるようですよ」

「あんないいかたをしたかなあ……」

「しかし、長谷川という記者が署名入りで書いた記事ですから、よほど自信があるんじゃないでしょうか」

「きみ、俺を信じられんのかね」

川又は、日経の記者に対してすこし喋り過ぎたかもしれない、といった負い目から、照れ隠しに語気を強めた。

「いいえ。会長は信じてます」

清水は、川又に威圧されて、嗄《かす》れたような声を出した。

「塩路君が日産労使の相互信頼関係を自分一人で確立したようなことをいってるとしたら、それは違うといったまでで他意はない。ごく当たりまえのことをいったに過ぎんよ。塩路君や組合を誹謗《ひぼう》したつもりはないな」

「宮家さんの名前が出てましたが……」

「うむ」

川又は特徴のある八の字の太い眉をひそめて、短くこたえた。もちろん肯定せざるを得ない。

宮家愈は、日産にとってすでに歴史上の人物であり、三十歳代の新聞記者が詳しく知っているとは思えないから、川又としても宮家の名前を出していないとは強弁しにくい事情がある。

「川又会長が賛成に回ったから、日産の英国進出が確実になったという記事もありましたが……」

「走り過ぎだな。新聞なんていうのは一を聞いて十を書くから、気にしたらきりがないぞ」

「見切り発車はありませんでしょうね。中央経協で、組合との間に合意をとりつけてくださらなければ困ります」

「塩路君ともよく話すよ。売り捌《さば》ける規模、撤退可能な規模がわたしのほうの条件だから、当初の計画に比べてリスクの度合いはだいぶ違うぞ」

川又が眦《まなじり》を決して駆けつけてきた清水に対して、組合向け発言としてトーンダウンするのはごく当然と思える。よほど剛愎《ごうふく》で変りものならともかく、誰でも耳ざわりのいいことを喋りたいものだし、人を見てニュアンスを変えるのは往々にしてあり得る。ともかく清水が労連本部に帰って、塩路に報告した内容がさらにトーンダウンしたものになったであろうことは容易に察知できる。

東京支部の職場長会議が十月二十日の午後一時半から東銀座の本社本館ビルに隣接している七階建て別館ビルの二階会議室で六十余名の職場長を集めて行われたが、支部長が質問に答えるかたちで「清水事務局長が川又会長に会って真意を確認中だが、どうやらガセネタらしい」と説明している。東京支部は、ホワイトカラーが圧倒的多数を占めている関係で、組合員の中に塩路批判派が少なくないと考えられるから、配慮しているが、各工場の職場会議では、明確に〝誤報〟で割り切ったふしがみられる。

日産自動車では、工場に限らず本社、支社でも社内パブリシティは、組合ベースで行われることが多い。三宅島が噴火したとき、〝三宅島に親戚がいますか〟と、職場長が組合員に聞いて回ったが、一事が万事である。組合では、〝世話活動〟と称しているが、こうしたことを組合で取り仕切っているから、〝組合はわれわれを守ってくれる〟といった感覚が組合員一人一人の身に滲みこんでいたとしても不思議ではない。通常の企業なら人事、労務がやるべきことが組合の手に委ねられている以上、それは錯覚とはいえまい。人事なり労務の怠慢といってしまえばそれまでだが、組合の〝世話活動〟のきめ細かさには定評がある。

川又が日産自動車の〝中興の祖〟と崇められることについて、異論をさしはさむ者はいまい。

「運がよかっただけで、高度成長期なら誰が社長になっても、企業規模を拡大することはできたはずだ」とひねくれた見方をすれば別だが、古巣の興銀をバックに、川又が日産自動車の企業基盤をより強固にしたことは、否定できないように思える。

2

川又が興銀広島支店長から、日産重工業（昭和二十四年に旧社名の日産自動車に復帰）の経理担当常務として入社したのは二十二年の七月のことだ。

戦後間もない二十一年三月に広島支店長の辞令をもらったとき、川又は、辞令を破って捨ててしまいたいと、思ったという。それもそうだろう。軍隊から解放され、やっと家族と一緒になれ、やれやれと思っていた矢先に、原爆被爆地の廃墟の広島に赴任しろと命じられれば、心おだやかではいられまい。だから、日産重工業の話を聞いたときは東京に戻れるという一心で、承諾したとも考えられる。ときに、川又は四十二歳。文字どおり少壮気鋭の経営者が誕生したのである。

しかも、労使問題が尖鋭化しつつある日産にあって、就任後さっそく労働組合との賃金交渉に引っ張り出されるが、一年後には先輩常務を飛び越えて、専務となり、箕浦《みのうら》社長に次ぐナンバー2として日産経営陣の中枢に位置することになる。

川又が人員整理を決意したのは二十四年の夏である。復興金融金庫の融資によって赤字をまかなっているようでは、会社は立ちゆかない。大の虫を救うために小の虫を殺すのもやむを得ない——と結論した川又は、役員会にこの旨を提案したが、賛成は得られなかった。賃上げ、残業拒否などの闘争を通じて勢力を強化している組合を相手に、人員整理などできるわけがない、というのが各役員の判断であった。

「このままでは共倒れだよ。会社がつぶれてしまったらトータルロスではないか。人員整理は避けたいが、会社を建て直すためには人員整理を断行するしかない」

川又は力説してやまなかった。当初、しり込みしていた役員も、会社が倒産してしまっては元も子もないという気持に変っていった。

人員整理に伴う資金計画を立案し、興銀など三行から協調融資の内諾を得て、千七百六十人の人員整理を発表したのは九月二日である。この三日後に箕浦が高血圧で倒れたため、川又は総指揮者として、矢面に立つが、果たせるかな組合の反発、抵抗は激しく、整理対象者の個人宅宛てに郵送した退職辞令を一括して返上、一ヵ月以上に及ぶストなどによって組合側は対抗してきた。

同争議は会社側が人員整理を断行して収束するが、労使間にしこりを残し、その後組合側の争議戦術を陰湿化させる結果をもたらすことになる。

就業時間中の職場集会、残業拒否、配置転換拒否、そしていやがらせの山猫ストである。春と秋二回の賃上げ、夏と暮れの一時金闘争は執拗をきわめ、一年のうち二ヵ月は争議に費やされていたというから、生産性の低下は目もあてられない惨状を呈した。

二十五年に勃発した朝鮮事変による車輛特需で、会社はひと息つくが、労使紛争にあけ暮れている限り、生産計画も収益見通しも立たなければ、設備計画も思うにまかせないし、経営の安定、企業基盤の強化など思いもよらなかった。

二十八年五月に組合が出したベースアップ要求は、マーケット・バスケット方式と称する猛烈なもので、経験十五年で三万円が最低給だから、当時の平均基準賃金手取り約一万九千円と比較すると約一万一千円の賃上げとなり、全要求をまとめると平均手取り約一万四千五百円、税込み約二万三千三百円の増額となる。このとき、川又は危機感をもって組合との交渉に臨んだ。絶対にいい加減な妥協はすべきではない。勝つか負けるか、のるかそるかである。

争議が泥沼化していく中で、経営側がロックアウトを宣言したのは八月二日のことだ。

敗れれば経営側は総退陣も辞さない覚悟である。組合側が法外な要求を撤回しない限り争議を収束させないと、川又は固く心に誓い、中央労働委員会の仲裁の話にも耳を貸さなかった。会社を守るためにぎりぎりの経営決断をくだしたと言える。ロックアウトから争議が終止符を打つまでを、川又は「私の履歴書」に次のように書いている。

ロックアウトを実行に移したのは八月五日の朝であった。その前夜、雨のしとしと降る中を、極秘裏に目黒の雅叙園に集合して籠城部隊を編成した。籠城組の人たちの持ち物は各個に名札をつけて留守宅に届ける。バリケードを組むための木材や鉄条網も、すぐ現場に運んで組み立てるように手はずを整えた。真夜中の雨をついて、雨がっぱに身を包んだ籠城部隊がトラックに分乗して出発して行ったときは、見送る私たちの胸も悲壮な緊迫感にかられたものである。首尾よく彼らは工場にはいり、バリケードも完成してついにロックアウトが宣告された。

会社の内部から新しい批判勢力を中心とする第二組合結成の動きが台頭してきたのはその後であった。若手の技術者たちの企業研究会というグループがあって、二十七年の争議のときから執行部批判の動きを示していた。おそらく一年間自分たちの勢力の拡張を図っていたのだろう。彼らが中心となって約五百人の従業員が参加し、浅草公会堂で第二組合結成の旗上げ大会を開いたのは八月三十日のことだった。あの激しい争議の中で、批判行動を起こした彼らはたいへんな勇気を必要としたであろうが、その勢力は日ならずして千人、二千人と拡大した。企業内組合というものは、ハラの中ではだれでも自分の働く会社がつぶれては困るという気持がある。組合執行部の統制力で口をふさがれていたその力が、一度突破口が開かれると、たちまちそこに集まってきたのであろう。

第二組合の勢力が大きくなると、会社と第二組合との交渉が始まり、賃上げは認めないことを前提として、一連の妥結条件を結ぶ就業を認めたのである。これがきっかけとなってついに第一組合も折れてきて九月の末近く同じ条件で妥結するに至り、四ヵ月にわたった争議はようやく終止符を打ったのだった。

争議の後始末は骨が折れた。これより先、争議中の暴行傷害など争議行為を逸脱したかどによって益田組合長以下の幹部は懲戒解雇処分に付されていたし、その他にも提訴されていた事件もあって、終末に至るまでには相当の時間を要したが、結局は彼らも折れ、相次いで退職した。第二組合が日に日に勢力をましていくので、彼らも結局は負けたということだったろう。こうしてかなり早い時期に日産の労働組合は新組合一色になった。

ここでその後のことも合わせて考えてみると、この二十八年の日産労働争議があったために、それまであった全国組織の全自労は崩壊してしまったのである。

日産に新組合ができて強固を誇った全自労分会がくずれると、同業他社の労組も全国組織から脱退して皆単産に戻り、ばらばらになってしまった。

日本の労働組合は企業内組合であるから、いかに激しい組合でも、裏を返せば従業員であり、企業が繁栄しなければ困るという考えがある。そういう企業内の性格から、他社の組合も日産の新しい労使関係――それもあの数年間の血と汗の戦いからようやくかちとったそれに見習うことになったのであろう。そしてそれが、その後の自動車産業の成長の非常な力となっているのは疑いをいれない。こういう見方からすると、あの二十八年の日産の労働争議は、日本の労働争議史上のみならず自動車産業の歴史のうえでも特筆さるべきものと思うのである。

川又が日産自動車の社長に昇進したのは三十二年十一月だが、川又の三十数年に及ぶ経営者生活の中でも、日産争議を乗り切り、収束させたことは最大の功績として評価できるのではあるまいか。川又なかりせば、今日の日産は存在しなかったとも考えられる。

川又と塩路の出合いは二十八年の争議に遡《さかのぼ》るが、三十年を経過した今日、川又にとって塩路との距離のとりかたが難しくなっていることはたしかであろう。

3

目印の週刊誌を手に、麻布にあるアメリカンクラブのロビーに宮家愈があらわれたのは三時五分過ぎである。村田は、三時十分前から待っていたが、その男が宮家だとすぐにわかった。長身で少し猫背だ。チェックのブレザーを着ている。どこか大陸的な風貌《ふうぼう》で、きれ者といった印象はない。歳月が人を変えたのだろうか。そろそろ還暦に近い年齢と思える。

村田が宮家に会いたいと考えたのは、宮家が日産のルーツともいうべき「企業研究会」の中心的人物で、塩路を自動車労連の会長に押し上げた張本人だったからである。

「企業研究会」は昭和二十八年に大学卒のエリート約四十人が同志的結合体として設けたものだが、階級闘争にあけくれていた総評傘下の全自動車日産分会（旧日産労組）から分離した第二組合の母体となり、労使協調路線を確立し、その後発展的に解消した。いわば当時の日産にあって憂国の士ともいえる若い大学卒の幹部候補生たちが、企業の存廃を賭けて決死の思いで結成したということができる。

宮家は「企業研究会」の実質的な会長で、リーダーシップを発揮するが、当時経理部長だった石原俊はアンチ全自日産分会の急先鋒《きゅうせんぽう》でもあったから、「企業研究会」を陰に陽にバックアップしたと考えられる。現日産経営陣の中に「企業研究会」のメンバーが含まれている。川合勇（専務）、河野利夫（同）などはその代表格である。

「宮家さんですか。A新聞の村田です。ご無理をいいまして、申し訳ありません」

「宮家です」

二人は名刺を交換して、ティールームの奥のソファで向かい合った。名刺の肩書は、〝エー・オー・アイ会長〟とある。

「あなたももの好きですねえ。わたしに会いたいなんて、日露戦争の話を聞くようなものでしょう……」

電話でも同じようなことを話していたが、宮家はくだけた口調でいった。

「お仕事は、やはり自動車関係ですか」

村田は、宮家が西武系の自動車販売会社の社長をしていたことがあると聞いていたので、そんな質問になった。

「ええ。自動車の業界からなかなか足が抜けませんな。自動車部品の貿易会社をやってます。村田さんは自動車業界の担当ですか」

「はい。一年半になります」

「日産はどうですか。おもしろい会社でしょう」

「知れば知るほど、わけのわからない会社っていう気がしてきますねえ。さっそくですが、宮家さんは、最近塩路さんにお会いになりましたか」

「数年前に、銀座のクラブで会ったことがあります。直立不動で挨拶《あいさつ》して莫迦にしおらしかったが、次にその店に行ったら、ママに来てくれるなと締め出されましたよ。気の小さい男なんですね」

「その気の小さい男を、宮家さんは自動車労連の会長、つまりあなたの後継者として指名したわけです……」

「わたしに人を見る眼がないとおっしゃりたいんでしょうが、不徳の致すところとしかいいようがないですね。しかし、若いときの塩路君は、好青年だった。眼をきらきら輝かせて、ものごとに対して、真摯《しんし》な態度で取り組んでたし、会社を思う気持も強かったんですよ。わたしは、塩路君をだめにした責任の相当部分は、経営側にあるような気がするなあ。一つは、甘やかし過ぎたことです。塩路君を利用して会社の中で、偉くなりたがった人たちにも問題があるんじゃないかな」

「川又会長が塩路さんを称して〝初年兵〟といういいかたをしてるんですが……」

「まあ、そうですよね。ビラを配ったり走り使いをやってたんですから。ただ、目端は利くし、行動力はある。一生日産のために頑張るといってた男だし、ほかの組合幹部の人たちに比べて、ひと味ちがうというか、光ってた部分が多かったんです」

　宮家はウエイターが運んできた紅茶にレモンの輪切りを浮かべ、スプーン一杯の砂糖を入れて、かきまぜている。村田はコーヒーのアメリカンを喫《の》んだ。

「日産労使協調路線を敷いたのは宮家君らだと川又会長が発言してますが、ご存じですか」

「なんか新聞に出てたそうですね。読んでませんが、友達が電話で知らせてくれました」

「宮家さんも昔は、〝天皇〟といわれた時代があったんでしょう？　それにしては、〝日産自動車三十年史〟に宮家さんのことは一行も出ていないそうですが」

「わたしは、日産には貸しこそあれ、借りはありません。いまの日産の基礎を命がけでつくったという自負はありますから、そんな扱いを受けるいわれはないですよ。〝一年を十ヵ月で暮らす日産〟といわれたくらいストが絶えなかった。それも経済闘争じゃなくて階級闘争で、昭和二十八年五月には〝日経連と総評との天王山〟といわれるまでに争議がエスカレートした。当時、学卒の四十人くらいの社員で〝企業研究会〟なるものをつくって、企業の在りかたなどについて研究してたのですが、〝企業研究会〟が第二組合の中核になったことは事実です。このままストに明け暮れてたら会社は潰れちゃいますからね。研究会に塩路君は入ってません」

宮家は苦いものでも呑み込むような顔をして、話をつづけた。

「八月三十日に第二組合を結成したときの組合員は五百六人でしたが、猛烈なオルグ活動によって倍々ゲームでふやしていって、九月中旬には二千人を超えてました。日産の従業員が約七千人ですから、三割近いわけです。この段階で勝てると確信しましたよ。

神奈川体育館で生産再開総決起大会をやり、新子安の横浜工場までデモ行進したんです。人数は圧倒的に少ないから、隊列をタテに細長くして、さもたくさんいるように見せかけて、整然と工場へ入場した。どうしてピケラインを突破できたのかよく憶えてないが、勢いというか気魄《きはく》がちがうんです。尻ごみしたほうが負けです。奇蹟的に無血入場できたんですが、櫓《やぐら》の上のほうで、益哲（益田哲夫、当時の第一労組委員長）が、わたしのほうを指さして、〝あいつが首謀者だ。あいつをつかまえろ〟って絶叫してる場面が眼に浮かびます。益哲っていう男は、東大十三年卒で、小牧氏なんかと同期のはずですが、在学中に高文（高等文官試験）を通ったほどの秀才だったのに、なんで、あんなことになったんですかね。一つの時代というしかないのかなあ」

宮家は、煙草に火をつけて、唐突に「村田さんはゴルフをやりますか」と訊いた。

「ええ。多少は」

村田がいぶかしげに答えると、

「それならわかりやすい」

宮家は、煙りを吐き出してつづけた。

「三十年前に益哲が大フックをやらかして左にOBしたんです。それを今度は、塩路君が猛烈にスライスした。いや、ソケットといったほうがいいかもしれない。右へOBしたようなものです。フェアウェイをなんとかキープしてくれという声が組合員から出ないのが不思議ですよね。オルガナイザーとして、いいものを持ってるはずなのに、スライスしてることに気がついてない。しかし、天網恢々《てんもうかいかい》疎にして漏らさずというでしょう。必ずフェアウェイをキープするリーダーがあらわれると思うんですよ」

宮家は脚を組み直して、しみじみとした口調でいった。

「塩路君は可哀想な人だと思うな。日々安らかならず、気持はみじめで貧しいのとちがいますか。組合幹部の中に誰か俺を裏切る者がいるんじゃないか、誰かが俺をスパイしてるにちがいないって、ねんがらねんじゅう心が安まるときがないんですから。絶えずなにかの影に怯えていなければならない。僕は、日産を四十一年に退職したんですが、つくづくやめてよかったと思いますよ」

「塩路さんとの権力闘争に破れたというか、川又さんが塩路さんを使って宮家さんを追い出したという話も聞きますが、それにしてもあっさり兜《かぶと》をぬいじゃったもんですねえ」

「そう、百五十万円の退職金もらってね。しかし、僕が死にもの狂いで立ち向かっていたら、どうなってたかな。それこそ血みどろの闘いになってたでしょうね。そんなことにエネルギーを使わなくてよかったですよ。大西郷は偉かったけど、やっぱり西南の役を起こしてはいかんのですよ。日産を愛する気持もありましたからね」

「宮家さんが労連の会長を塩路さんに譲って下番したとき、役員のポストを要求して、川又さんの逆鱗《げきりん》に触れたという話がありますが」

「塩路君など周りの者に煽《あお》られて、ひどい目にあった。もちろん、わたしもいい気になっていた面はあります。しかし、代価は支払ったというか、禊《みそぎ》はしたつもりですがね。……退屈しませんか。こんな話が記事になるんですかね。わたしは逃げも隠れもしませんけど」

宮家は煙草を灰皿にこすりつけながら、村田を見上げた。

「記事にするかどうかわかりませんが、お話はたいへんおもしろいです。塩路さんが昭和三十五年に、ハーバードのビジネススクールに留学してますが、同じ時期に石原さんは米国日産の社長で、出張ベースでしばしば渡米したと聞いてます。アメリカで両者が会ったことはあるんでしょうか」

「さあ……」

宮家は考える顔になった。

「少なくとも一度はあります。というのは、塩路君が一年経って帰国するときに、わたしがパリでなにかの会議があったので、アメリカ経由で、パリに飛んだのですが、そのときニューヨークのホテルで、石原さんに食事をご馳走《ちそう》になったことがあります。石原さんはわざわざデトロイトから出てきてくれたんじゃなかったかな。それで塩路君とヨーロッパへ飛んで、一緒に帰国したんです」

「当時は、まだ両者は不倶戴天の敵なんてことはなかったわけですね」

「もちろんです。一役員と一組合幹部に過ぎないわけですから、和気藹々《わきあいあい》たるものですよ」

いまから二十三年前、三人の個性豊かな男たちが食事を愉しみながら談笑している場面が、村田の眼にはどうしても浮かんでこない。

「塩路さんは、ハーバードのビジネススクールで、お子さんのことを心配しながら組合員のことを考えたそうですよ」

「それも事実でしょうが、わたしには女性にもてた話ばかりしてましたよ。いろいろおもしろおかしくやってましたなあ。あの塩路君が賢人会のメンバーですか。偉くなったんですねえ」

宮家は往時をしのんで、遠くを見るような眼をした。

ちなみに宮家は昭和二十四年に一橋大学を出て日産自動車に入社したが、自動車労連会長時代に「近代的労使関係」「日産争議白書」の二書をものした。「近代的労使関係」では朝日新聞論説主幹の笠信太郎《りゅうしんたろう》、公共企業体等労働委員会会長・慶応大学教授の藤林敬三《ふじばやしけいぞう》、全日本労働組合会議議長の滝田実《たきたみのる》、日本生産性本部専務理事の郷司浩平《ごうしこうへい》、日産自動車常務の岩越忠恕の五氏が序文を寄せている。

4

渡米中の石原俊が川又発言に関する新聞記事を読んだのは、現地時間で二十日の夜である。

東京本社からファクシミリで米国日産製造に送られてくるニュース、情報の中から重要なものはピックアップされてホテルの石原に届けられるが、この日は前夜祭のパーティの席で知らされた。テネシー工場に近いベルミードカントリークラブのクラブハウスでその朗報に接したとき、石原は何年来の胸のつかえがとれたような気がした。

ああ、川又会長がここまでやってくれたのか、と石原は思う。

川又が英国進出計画に断固反対し、反対理由を文書にして全役員に突きつけたのは二年も前のことである。その間、石原は川又との対話をつづけ、折りに触れて英国プロジェクトの必然性を強調してきた。

川又が断固反対から条件付き賛成の意向を示すようになってすでに久しい。川又の姿勢が変化してきていることは毎週月曜日の午前中に開く経営会議（専務以上十二名で構成）での川又の発言を通じて肌で感じていたから、とくに驚くには当たらないともいえるが、〝労組を説得する……〟というくだりがなんともうれしかったのである。

塩路に、企業内組合のけじめをつけてもらいたい、と石原は思いつづけてきた。日経産業新聞の記事にもあるが、川又は日ごろ〝社内にいろいろな意見があってい い〟と暗に塩路の言動を支持してきたふし
がないでもない。石原自身、川又は冷たい、と思わなかったといえば嘘になる。なにかしら気持が通わぬもどかしさ、よそよそしさが感じられぬでもなかったが、究極のところで分かりあえる仲なのだ——。

この夜、石原がナッシュビルにあるオプリランドホテルに帰ったのは十時過ぎだが、なかなか寝つかれなかった。

洋食は一切受けつけず、同行する秘書に日本食を携行させたり、食事の心配で秘書に気を揉ませる経営トップも少なくないが、石原はどんな料理でもいやがらずに食べる。郷に入っては郷に従えが石原の流儀だ。

旅行ずれしていることもあるのだろうが、時差もさほどこたえないし、どこでも熟睡できるほうだが、この夜ばかりは眠りにつくのが遅かった。この数年来の来し方が頻りに思い出される。

ふと、山崎隆造の笑顔が眼に浮かんだ。山崎は通産省の貿易、通商畑を歩き、通商局長を最後に四十二年九月に退官し、同年十一月に日産自動車に転じ、取締役から常務、専務へと進んだが、五十五年五月十四日に心不全で不帰の客となった。六十四歳の若さである。山崎は海外部門を担当していたが、高級官僚出身にしては洒《しゃ》脱《だつ》な男で、巧まざるユーモアとでもいうのか、独特な話術で人を魅了するところがあった。輸出部門を担当し、欧州、中近東、アフリカ地域における日産車の販売網の育成、強化に取り組んだ。

わけてもゼロから出発した英国で、ダットサンUKを設立、販売店を再編成するなど販売体制を整備し、今日、英国向け輸出車の中で日産車は首位を争うまでになったが、その基礎を築いた山崎の苦労と功績は永く語りつがれなければならない。それが、英国プロジェクトへ発展していったといっても過言ではないだろう。

山崎の社葬は、五十五年五月二十日の午後、文京区の東京カテドラル聖マリア大聖堂で行われたが、石原は葬儀委員長として弔辞を読んだ。

「手術のあとでお見舞いに伺い、病室を探していますと、廊下で椅子に腰かけて奥さまと話されているあなたにばったりお会いし、たいへん驚いたことを憶えております。医者から手術後二日目から歩け歩けといわれて困った、このぶんでは退院も早そうだとあなたは笑顔で話してくださいました。退院後、五月二日の午後、自宅にお伺いしたときも、午前中病院で輸血を終えて帰宅したところでしたが、少し疲労の様子が見えましたけれど、顔色も良く、いろいろ会社の話をしてお別れしたのです。それが五月十四日、突然病院で亡くなられたとの訃報に接し、茫然自失し言葉を失いました。昨年十月、オックスフォード大学における日産研究所の贈呈式にあなたとご一緒しましたが、大学でのセレモニーやロンドンでのパーティなど多彩なスケジュールを奥さまとともにてきぱきと処理されたお姿が今でも眼に浮かびます。帰国後間もなく政府の海外投資活動調査団の団長として長期の日程を消化されましたが、この多忙なスケジュールが発病の原因になったのではないかと心残りがしてなりません……」

石原は声をつまらせ、何度も絶句した。涙がこぼれ、文字がにじんで見える。秘書にたよらず自ら書いた弔辞だが、下書に手を入れているときも胸がいっぱいになった。石原の訥々《とつとつ》と語りかける弔辞は、参列者の涙を誘った。

山崎が幽明境を異にした直後、英国プロジェクトで英国政府からアプローチがあったのだが、思えばあれから三年の年月が流れている。

大詰めを迎えた英国プロジェクトを前にして、山崎が生きていたら、なんといったろう。よくやりましたね、と褒めてくれただろうか――。

川又会長と二人がかりで、なんとしても塩路を説得しなければ、と石原は思う。

テネシー州ナッシュビル郊外スマーナにおける米国日産自動車製造のテネシー工場開所式に臨んだ石原の表情は、前夜感慨に耽って睡眠が不足したわりには晴ればれとしていた。

開所式は、現地時間で二十一日午前十時（日本時間二十二日午前一時）から、ラマー・テネシー州知事、テネシー州選出の上下両院議員、協力メーカー代表ら約三千人を招待して盛大に行われた。

石原に同行した副社長の金尾嘉一、専務の河野利夫の顔も見える。

ホテルで朝食のとき、ひとしきり話題になった。

「開所式にタイミングを合わせたような朗報ですね」

「これ以上大きなプレゼントはありませんよ」

ダイニングルームで食卓を囲んでいる金尾と河野が語りかけてくる。

石原も上機嫌だった。

「中央経協で正面切って反対しているわけではないし、わかってくれてると思うんだが、先生も頑固なところがあるからな。しかし、まさか徹底抗戦なんてことにはならんだろう」

「川又会長が説得してくれるといってるんですから、大船に乗った気持になっていいんじゃないですか。百万の援軍にも等しいですよ」

「そう思いたいが、まだまだ気持をゆるめるわけにはいかんよ」

石原が河野のほうに眼をやりながら返すと、金尾が冗談めかして言った。

「社長は足を引っ張られたりすることが多過ぎましたから、やはり慎重ですね」

「過去五回の中央経協でいうべきことはすべていい尽した。これ以上話すことはないと思うから、来月上旬には組合に〝わかった〟といってもらいたいな。中山素平さんに労使一丸となって取り組まなければいけないといわれたことがある。同感だな。だから、いくら経営権に属することだとはいえ、見切り発車はしたくないんだよ。今度の中央経協を手打ちにしたいなあ」

開所式で、石原はラマー・テネシー州知事、ラニオン米国日産社長の二人と感激の握手をかわした。ふた昔以上になるが、石原は米国日産の社長としてマーケットの開拓で血のにじむような苦労をしただけに、感慨無量なものがある。月に五台しか売れないこともあった。米国向け日産車の輸出は三十三年から始まるが、この年はわずか三千台に過ぎなかった。それが三十四年六千台、三十五年一万一千台、三十六年一万五千台、三十七年二万六千台、三十八年四万五千台と急カーブで上昇していく。そして、米国に工場進出して、トラックを生産できるまでになったのである。

石原が金尾に語りかけた。

「赤字つづきで、一時は撤退も考えたのに、夢のようだよ」

「たしか、当初百万ドルの資金を用意したんでしたね」

「そう。三十七年に五十万ドル増資したが、想像以上に経費がかかるんだ。セキュリティの関係で、訪問販売が禁じられているから、広告費が大変だった。またたく間に債務超過になってしまった……」

当初、米国人にまかせていたアメリカ国内での日産車の販売を、米国日産を設立して、自ら販売に乗り出すようになったのは昭和三十五年に入ってからだ。米国人にまかせていたのでは赤字が嵩《かさ》んでかなわない。それなら、いっそのこと自分たちでやろう、ということになり、当時取締役経理部長だった石原が米国日産の初代社長として起用されたのである。ちなみに石原は、三十五年九月から四十年十一月まで米国日産の社長を務めた。

「三十八年にさらに五十万ドル増資したが、ここまでやって駄目なら撤退しかない。背水の陣で臨んだが、その年の後半から業績が上向きに転じ、三十九年から回転するようになった。米国では輸入車が苦しい時代で、わずかにフォルクスワーゲン一社が健闘しているだけだった。日本のメーカーで撤退したところもあったはずだが、日産だって一年早く見限ってたら、今日の米国日産はなかったかもしれない」

「ねばった甲斐がありましたね。米国日産が軌道に乗ったのは四十年に入ってからですが、国内販売も四十年に入って飛躍的に伸びたんじゃなかったですか」

「四十一年に出した〝サニー〟の車名募集で、五百万通も応募があったのにはびっくりしたね」

石原は、内外の記者団に対して「米国の自動車産業の歴史に新しい一ページを開く可能性がある」と語っているが、気持が高揚するのもむべなるかなといえよう。

テネシー工場ではすでに月産三千台近い生産ペースになっているが、一九八四年夏までには一万台のフル稼動態勢に入れる予定という。三年目で黒字に転化し、五年目には創業費を含めた累積赤字を一掃できる見通しというが、塩路労連会長が主張している米国での乗用車生産も遠からず実現する可能性もないではない。

5

十月二十日、午後三時に塩路は通産省に宇野宗佑《うのそうすけ》通産相を訪ね、対米輸出の自主規制延長問題について三十分ほど熱弁をふるっている。いわく「米国のビッグ3（GM、フォード、クライスラー）が立ち直ったから規制は必要ないとする考え方は危険だ。米国自動車産業の背景には失業問題と国の安全の問題がある。UAWの組合員は七八年には約百六十万人いたが、八二年には約百万人に激減した。日本ではビッグ3の失業者数しか使わないが、それさえも部品メーカー等の失業者数をカウントするとビッグ3発表の三倍となる。自動車産業の再活性化を図りたいという基本的な共通認識が米国の政・労・使にあることを見落としてはならない。つまり自動車産業は国のセキュリティにかかわる産業という認識だ。四年目も百六十八万台にすべしとは敢えていわないが、雇用と安全の問題をよく考えてほしい」

一方では石原が自動車工業会会長の立場で「二百万台は譲れない」と声を大にして発言している。これが政治的発言であることは見え見えだとしても、石原発言に敢えて水を差すところに塩路の真骨頂があるとはいえまいか。

ついでながら、日本車の対米輸出自主規制問題は、十一月一日に行われた宇野通産相とブロック米通商代表部代表との会談で、「百八十五万台、一年限り」で決着している。

塩路は、宇野通産相との会談後、大臣室から出て来たところを通産相詰めの記者団に囲まれるが、「日産の英国進出が確実とする一部の報道は間違いです。あと二、三ヵ月もすればわかりますよ」と話している。

米国日産自動車製造テネシー工場の開所式に出席した石原、金尾、河野ら日産首脳一行が帰国したのは二十四日の夕刻だが、ほぼ入れ違いに渡米した塩路は、二十六日ワシントンで記者会見し、「英国進出反対の姿勢は変らない」とぶちあげている。

塩路の訪米は、米労働総同盟産業別組合会議（AFL－CIO）と全日本労働総同盟（同盟）の定期協議のためだが、並いる記者を前に石原批判をぶちまくった。テネシー州スマーナで、石原から〝英国進出決定〟の感触を得た同じ記者たちが、今度は労組のリーダーから、ほとんど正反対の話を聞かされたのである。毎日新聞は十月二十八日付朝刊で〝日産、労使対立、場外（米国）でも〟と書いた。

塩路は帰国後、日産労組の第二十一回定期大会で、二時間にわたって挨拶したが、ここでも半分の一時間を英国問題に費やす思い入れを見せている。同定期大会は、十月三十一日と十一月一日の二日間にわたって横浜の神奈川県民ホールで行われたが、五百八十一人の代議員が全員出席、傍聴者も千四百人余に及んだ。

梅村・全トヨタ労連委員長、長洲《ながす》・神奈川県知事、佐々木・民社党委員長、矢野・公明党書記長、田渕、栗林ら民社党国会議員らの来賓が挨拶したが、塩路労連会長の挨拶は二日目の十時四十五分から始まった。

「わたしが渡米している間にもいろんなマスコミ報道が続いたようですね。大変な量でいちいち解説はできかねますが、共通しているのは〝いよいよ英国進出を決めた〟とか〝決めそうだ〟とか〝川又会長が賛成に回ったから組合がどうだ〟とかいった内容です。ガーディアン、フィナンシャルタイムズには塩路批判が出ましたが、これらは一種の政治的圧力です。いったい震源地はどこなんでしょうか。ガーディアンには、わたしが中央経協で話したことが少しニュアンスを変えて載っていました。しかし、少なくともわたしに取材はありませんでした」

「会社見解がマスコミにいろいろ出ています。スマーナでは何も喋らないといったはずなのに話している。したがって組合としても少し喋らざるを得ません。組合は、英国進出反対の態度を決めるまでに、二年以上も悩んできました。組合は、二年前の四月以来、数回にわたり調査し、その結果を社長に示して、見解をただしたが、それについて、労使の間で議論はなかったし、回答もありませんでした。その後、フォークランド紛争で棚あげとなったが、英国の勝利で、英側の期待は、より大きくなり、再度活発化してきたわけです。しかし、組合には、何の連絡もなしに進められてきたので、会社がいつゴーを出すか不安をつのらせていたんです。この問題は、経営権を振りまわす問題ではないんです」

「組合が、経営の足を引っぱってるようなことを言われているが、事実無根です。社長が六年間やりたいことをやって、組合がお手並拝見と黙っていたらこうなったから、このままでいいのかという問題提起として、P3運動の停止（一九三ページ参照）をやったまでのことなんです。昨年、コータッチ駐日英国大使との会談で、わたしは、日産―BLの労使四者協力による事前協議制を導入し、小型車を生産したいと提案しました。この話には、コータッチ英国大使ものり、〃年内に、英国に行って政府に伝えてほしい〃といわれました。本年二月、英国の議員にも同じ提案をしました。組合としては、〃日産の計画では、本当の意味での英国への産業協力にならないから〃、つまり、英政府は〃日産になるべく多くのロボットをもってこさせ、BLへの見せしめにする、そのための失業など論外〃という考えなので、わたしは、〃産業は、人間を大事にすることからスタートしなければならない。これは、英国労働者不信から成りたっている。四者の自主性にまかせてしばらくやらせたらいい〃と提案したわけです。結果は、この組合案を会社側は完全に無視しました。組合は、労使協力の世界戦略を考えています。組合としても産業協力に対しては賛成です。しかし、米国と英国とは違うので、直接進出はしない方がいいし、それに、日産には人的、経済的に無理なんです」

塩路は、米国日産自動車製造テネシー工場の開所式を意識して、UAWの問題についても触れた。

「UAWの本部の方針は、対立から協力へとここ十年間、徐々に変わってきました。第二次石油危機後、これが、各工場にも浸透してきました。しかし、ラニオン（米国日産社長）は、UAWが嫌いです。従業員にもそういう教育をしてきた。職場で強力にそれが行われています。UAWの組織化を恐れるあまり、賃金も相当高く出している。昨日入社した人が、今日からレンタリースを借りられるが、これは日本からすれば異例なことで、これもUAWを恐れるあまりのことなんです。しかし、スマーナだけ特別扱いするのはおかしい。あの投資額を稼いだ我々への待遇は、どうなるのかといいたいですね。スマーナの従業員は、異口同音に〝第三者の介入はいらない〟と言うが、これは徹底した教育のあらわれです。日産の中で、UAWを〝第三者〟と思う人がいたら由々しきことですが、まさか、そんな人はいないでしょうね」

第五章　石原俊の軌跡

1

十月二十四日に米国から帰国した石原は、再び仕事に忙殺される毎日がつづいた。自動車工業会の会長として懸案の対米輸出規制問題をかかえているうえに、英国進出問題という難問も片づけなければならない。新聞記者のマークもきつくて、夜討ち朝駆けで執拗につきまとわれる。

十月二十七日は、朝八時五十分に出社して、十時まで書類の決裁、十時から十二時半まで社内打ち合わせ、昼食のあと一時半から三十分、ＮＨＫ大山解説委員のインタビューを受け、二時にも来客があり、二時半から一時間、関係会社の社長から決算説明を受けた。息つくひまもなく三時から五時まで十五分から三十分刻みで来客がつづく。五時十五分に対米輸出規制問題でＮＨＫ・ＮＣ９のインタビューが飛び込む。フォルクスワーゲン・アジアのレセプションでホテルオークラに駆けつけたのは六時過ぎである。八時過ぎに新聞記者に囲まれ、そのまま銀座へなだれ込む。十一時過ぎに最後まで残った新聞記者が一人白金台の自宅へ送り届けてくれたらしいがよく憶えていない。

二十八日は晴海会館の東京モーターショーの開会式、宇野通産、長谷川運輸両大臣出席のパーティで朝から一時半までつぶされる。午後はハンス・フォルクスワーゲン社長とのトップ会談、宇野通産相との会談がつづく。六時から東京会館で宇野通産相を囲む会に出席した。二十九日の土曜日は、午前中が常務会、午後からフォルクスワーゲン社長との二回目のトップ会談、社内打ち合わせなどで五時まで執務。

こうした超過密スケジュールの中で、夜は新聞記者につかまることが多いから、プライベートな時間はほとんど犠牲にされる。

十月二十六日の夜十時半にA新聞の宮木康夫はキャップの村田の指示で石原邸を夜回りすると、すでに他紙のクルマが止まっており、顔見知りの若い記者が二人うろうろしていた。石原はまだ帰宅していないようだ。路地が狭いので、ハイヤーの運転手はいつもクルマの置き場所に苦労する。

ほどなくニッサン・プレジデントが石原邸の前に着いた。

三人の記者が石原を取り囲む。

「相変らず熱心だな。まだ早いから、あがらないか」

「恐縮です」

記者たちは、石原の後につづいて邸内に入った。

記者たちは遠慮して、たいていは玄関前で、五分か十分ミニ記者会見をして引きあげるが、石原がけんもほろろな態度を見せることはまずない。

「きょうはお早いんですね」

妻の静子が笑顔で石原を迎える。静子はどんな遅い時間に夜討ちをかけられてもいやな顔をせず、にこにこしているから、記者仲間の評判が悪かろうはずはない。石原より五歳年下だが、六十七にはとても見えない。石原が東北大学の学生時代に見初め、三年間通い詰めて口説き落したという伝説があるが、可愛い老女といった印象を与える。

記者たちは広いリビングルームで、石原が愛飲しているバーボンウイスキー〝ジャックダニエル〟を馳走《ちそう》になった。石原は背広姿のまま手ずから四人分の水割りをこしらえた。

「ずいぶん濃いですね。これはトリプルですよ」

宮木はグラスをかざすように持ちあげて、つづけた。

「恐れ多いなあ。これを飲んだら、取材ができなくなりそうですね」

「そのとおり。話すことがなんにもないから、せいぜいサービスしてるんだよ」

「まいったなあ」

石原は、アルコールはめっぽう強い。もっとも、最近は量を過ごすと眠ってしまうことが多いが……。

「通産大臣にはいつ会うんですか。レーガン大統領の訪日までに片づけなければなりませんから、今週中に決着をつけるんでしょうね」

「大統領が来日する九日まで、まだ時間があるよ。われわれのほうは二百万台に近い線といってるんだから、通産省には頑張ってもらいたいねえ」

「二十八日に大臣にお会いするんでしょう?」

「なんだ知ってるのか」

「そこで引導を渡されるんじゃないですか」

「さあどうなるかな。しかし、規制とはいっても何台ふやすかという話だから、気は楽だよ」

「英国の問題は、なんだかすっきりしませんね。僕らもいらいらしてきましたよ」

「きみらがいらいらするようじゃ、当事者はどうなるんだ」

石原と記者たちがそんな話をしているところへ、静子がつまみの用意をしてリビングルームに戻ってきた。

「あなた、森田さんの奥さまがそこの……」

静子は玄関脇のほうを指さしてつづけた。

「部屋を改造して、新聞記者さんの部屋をつくったらどうですかって話してましたよ」

森田さんの奥さまとは、大平正芳元首相の娘で森田一《はじめ》代議士夫人のことである。

「冗談を本気にするやつがあるか。だからおまえはバカなんだ」

「あら、冗談かしら」

「あたりまえだ。そんなことをしたら、電話まで引かれちゃうぞ」

石原の高笑いにつられて、記者たちも笑い出した。

「毎日、おまえはバカだ、おまえはバカだっていわれてますでしょう。ですからわたくしもいい返すんです。わたくしがもうすこし利口でしたら、あなたなんかと結婚しませんでしたって」

静子が笑顔で抗議した。

「どうだい、ほんとうに記者クラブをつくろうか」

石原は冗談ともつかずいって、三人の記者を見回した。

「きみら、仕事の話はやめようよ。どうだ、銀座へ行くか。こんなばあさん一人じゃつまらんだろう」

「そんな気を遣わないでください。そろそろ退散します」

宮木は水割りのグラスをサイドテーブルに置いた。

「もう少しいいじゃないか。きみたち、この写真見せたかなあ」

石原はソファから起ち上がり、隅のテーブルから小さな額に入ったカラー写真を持ってきて、記者たちに見せた。宮木は二度目だが、ほかの二人は初めてとみえ、

「いい顔してるなあ」

「別人みたいですねえ」

写真を手に矯《た》めつ眇《すが》めつしている。昨年の夏、伊豆の弓ケ浜で撮ったものだ。風で白髪が乱れているが、心もち横を向き、微笑を浮かべて誰かの話を聞いている、といった風情である。石原はこの写真がえらく気に入っている。

一番若い記者が英国問題を蒸し返した。

「塩路さんの対決的な姿勢はいっこうに改まりませんねえ。結局、見切り発車しかないんじゃないですか」

「うむ」

石原は生返事をして、水割りをくうっと呷《あお》った。水割りをあけるピッチが速くなっている。

「塩路さんは例の記者会見で、男を下げたというかずいぶん損をしましたね。日産

は労組という白蟻に食いちらかされて、気がついてみたら空洞《どんがら》になってるんじゃないか、なんていう記者もいます。労組白蟻論をどう思われますか」

水割りをがぶがぶ飲んでいるから、若い記者は遠慮がなくなっている。

石原がかすかに表情をゆがめた。

「五年後、十年後、あるいは二十年後に後につづく者のために、石原はこれだけのことをやってくれたんだ、といわれるようにならなければな」

若い記者の質問に答えていることになるのかどうかわからないが、石原の決意のようなものは読みとれる。

気がついてみると、石原は居眠りを始めている。いまの記者の強烈なせりふを夢うつつの中で聞いていたのだろうか──。

記者たちが引きあげたのは十二時を過ぎたころである。

「あなた、ちょっとだけ起きてください」

静子がソファにごろんと横になっている石原をゆり起こしている。

二階の寝室へ運ぶのに、いつもながら難儀する。

石原はそれでも上躰を立てかけた。

「皆んなに酒を注《つ》いでやってくれ」

「皆さん、とっくにお帰りになりましたよ」

「なに帰った……。もう一杯たのむ」

石原がおぼつかない手でグラスをつかもうとしたので、静子はそれを取りあげた。

「いい加減にしてください。こんなに飲んで、大丈夫ですか。病気になってもしりませんよ」

「………」

「いつになったら、静かに暮らせるんでしょうねえ」

静子のつぶやきが聞こえたのか、朦朧《もうろう》とした石原の眼が静子をとらえた。

「すまんなあ。俺だってやめたいんだ。しかしなあ、こんな中途半端なかたちではやめたくない」

あやしげな呂律《ろれつ》だが、石原が静子にこんなにしんみり話をするのは初めてである。


十月三十一日の朝、石原は脱力感と頭痛でなかなか寝床から離れられなかった。こんなことはついぞ経験したことがない。

静子が心配して、会社を休むようにに熱心にすすめたが、決算役員会と経営会議がかさなってるので出社しないわけにはいかなかった。

体温を測ると三十七度二分ある。石原の平熱は五度六分ぐらいだから、風邪で発熱したことになるのだろうか。

「どうしても会社へ行かなければならないんでしたら、お医者さんに診てもらってからにしてください」

「バカ！　そんな時間があるか」

石原は八時二十分に迎えに来た専用車に乗り込んで、八時五十分に執務室に入った。

九時二十五分に定年退職者に対する感謝状の授与式に出席し、十時から中間決算の決算役員会が昼食を挟んで午後一時までつづき、一時半に始まった経営会議が終ったのは四時半である。夜の予定をキャンセルして、帰宅したのは六時であった。かかりつけの慈恵医大附属病院の内科医が夜、病院の帰りがけに往診に来てくれた。

「風邪と外遊の疲れですね。二、三日休養してください」といわれては、休まざるを得ない。

さいわい十一月一日の火曜日は、どうしても外せない、という予定はなかったので、欠勤し、薬を飲んで臥《ふ》せっていた。

昼下がりに、新日本製鉄会長の斎藤英四郎《さいとうえいしろう》がぶらっと顔を出した。斎藤と石原は気心の知れた仲である。斎藤が玄関で、果物籠を静子に渡したところをみると、ぶらっと顔を出したというにはあたらないかもしれない。

斎藤は柔和な顔を照れ臭そうに歪めていった。

「いつも、俊《しゅん》ちゃんに魚を分けてもらってますから。こんなときしかお返しができませんもの」

「申し訳ありません。風邪ぐらいで、こんなお気を遣っていただいて」

静子はすっかり恐縮している。

「しかし、ここのところ魚の配給がありませんねえ。忙しくてトローリングどころではないのかな。八月の初めにカジキをたくさんいただきましたけど」

石原は、斎藤や東京芝浦電気会長の岩田弐夫《いわたかずお》、富士銀行会長の松沢卓二《まつざわたくじ》、三井物産社長の八尋俊邦《やひろとしくに》ら気の合う者同士でたまにゴルフをやるが、「今年はまだおすそ分けが来てないじゃないか。ゴルフなんかしてないで、早く釣りに行って来いよ」「あれは釣りなんて高尚なもんじゃない。トロール船と同じで、船を走らせてればいつの間にか魚が引っかかってるんだ」などとからかわれる。

ほどなく石原が寝室からリビングルームに降りて来た。寝間着を普段着に着替え、厚手のシャツの上にカーディガンを羽織っている。

「お見舞いなんて冗談じゃないぞ」

「わたしもお見舞いに来たわけじゃない。ひまだから冷やかしに来たんだ」

「鬼の霍乱《かくらん》といいたいんだろう」

「俊ちゃんが人間だってことを証明したわけだな。冗談はともかく寝てなくていいのか」

「たいしたことはない。このとおりだよ。もう熱も下がったし、どうってことはないんだ。あしたは会社に出るよ」

「先生から二、三日休養するようにいわれてるんですが……」

静子が口を添えた。

「せっかくだから一週間ほど休んだらどうだ。こっちも、そうしてもらわないと張り合いがないじゃないか。一ヵ月も二ヵ月も寝込まれたら困るが、一週間ぐらいなら、なんとでもなるだろう。風邪をひいたのは、働き過ぎたから休養しろってことなんだ。人間の躰なんて、実によくできている。そんなものだよ。俊ちゃんのことだから一週間休めといわなければ、二日は休まんだろう。医者のいうことは聞くもんだよ」

「ところがもう治っちゃったんだから、しようがないよ。僕の躰は働かされるようにできてるんだろう。それよりどうだ、久しぶりに一局やるかい」

「ところがそうもいかんのだ。三時から会議がある。それに病人を相手に、頭に血をのぼらせるわけにもいかんだろう。実をいうと今夜どうかなと思わぬでもなかったのだが……」

斎藤は、小一時間ほど雑談して引き取った。「ひまだから冷やかしに来た」といっていたが、寸暇を割いて駆けつけてくれたのだ。

たまたま秘書に連絡したら、俺が休んでることがわかったのだろうが、石原は、あったかいやつだ、持つべきは友達だと、つくづく思った。

石原は一日欠勤しただけで、次の日は通常どおりに出社した。たった一日の休養で嘘のように熱も下がり、脱力感もとれていたのである。

2

石原俊は、明治四十五年（一九一二）三月三日生まれだから、間もなく七十二歳になるが、年齢よりはるかに若く見える。学生時代ラグビーで鍛えた頑健な体軀は衰えを知らず、石原と対面していると、なにかしら圧倒される思いにされると述懐する財界人もいるが、いかつい面だちや、偉丈夫からくる印象とはうらはらに、笑顔に接すると、包みこまれるような優しさを相手に与えずにおかない。しかし、多くの人々は、石原を〝闘う経営者〟としてとらえがちで、そうしたイメージが固定化しているように思える。

石原の父親は民事専門の弁護士だが、厳格なひとだったという。

石原は東京・麴町《こうじまち》で生まれ、富士見小学校から府立四中（現・都立戸山高校）に進むが、四中時代の思い出は尽きない。

当時の四中は規律の厳しさで聞こえていた。漢文の泰斗として知られる深井鑑一郎校長の方針で、冬でも襟巻き、外套の類いは許されず、ズボンにポケットを付けることも禁止されていたという。ポケットに手を突っ込ませないためだが、その秋霜烈日ぶりは言語に絶するほどだったと、多くの四中出身者が証言している。

登校するために市ケ谷の心臓破りの坂を登らなければならないが、坂の中腹で始業五分前のラッパが聞こえる。予鈴ではなく、深井校長自らラッパを吹いたが、四中の生徒たちが息を切らしながら駆け足で坂を登って行く中で、石原だけは悠然と歩いていた。間に合うのだからあわてることはないというわけである。

ラッパが鳴りやむと同時に校門が閉められ、遅刻組は学校に入ることを許されず、家に戻るしかないが、石原は遅刻したことは一度もなかった。

映画も喫茶店も汁粉屋の出入りも、すべて禁止されていたが、これは四中に限るまい。ただ、遊びに過ぎないということで、野球まで禁止されていたのは四中ならではといえよう。

心身の鍛練になるという理由で、バスケットボールだけは許されていた。石原は休み時間にクラスメートとバスケットボールに興じたが、対抗試合などはご法度で思いもよらなかった。多少誇れるのは、二十五メートルのプールを持っていたことぐらいだろう。

そのころ本格的なプールを持っていた中学校は少なかったという。

四中時代の石原は、学業優秀というほどではなく、当時は瘦《や》せぎすでごく普通の体格だったから、目立つ存在ではなかった。石原と富士見小学校、四中でクラスメートだった南保夫（大洋製鋼会長）は、

「石原は優等生ではなかったが、数学はよくできた。一見、大雑把な風貌《ふうぼう》だが、意外に緻密な思考、発想ができるのも数学好きによるところが大きいと思う。子供のころから徒党を組むことを極端に嫌っていた。ただし、面倒見はよかった。有言実行、頼まれたことは必ず実行する。だからよく頼まれごとが舞い込んでいた。それだけクラスメートから信頼されてたんだろう」

と語っている。

「朝礼では集合から教室に戻るまで一切私語は許されなかった。五回忘れものをすると操行は丙をつけられたが、石原はそういうことはなかった。石原とは四中のとき四年乙組で一緒だったが、数学もできたけれど平家物語や奥の細道などの古典をよく読んでいた」

と往時の石原を回想するのは税理士の青木茂雄である。石原と青木は東北大学の法文学部でも同期だが、大学時代の石原は、長谷部泰三教授の薫陶を得て、財政学

で実力を発揮したという。

財政学は難解で、大学一、二年では理解できないから、試験は三年にならなければ受けられなかった。一年で財政学の単位を取るのは十人いるかいないかだが、石原はこの中に入っていた。

石原は一年生のとき、試験場にあらわれ、「試験を受けさせてください」と、長谷部教授に迫った。

しかも、出題に対して「この問題を理解していれば、二時間ではとても書き切れません。試験官を置いてけっこうですから、好きなだけ書かせてください」と注文をつけたのである。

長谷部教授は、石原が一年生でもあったので、大目に見て、この申し出を容れた。小使いさんに立会わせて、石原は午後一時から夕方の六時までかかって答案を書いたという。

石原は、四中から浦和高校へ進んだが、頑健な体躯は、浦高時代に培われたとみてよい。

石原の気持をラグビーに向かわせたのは浦高時代である。ポジションはセカンド・ロー。さぞかし俊足の重量フォワードとして鳴らしたと思われる。

石原の猛烈なタックルに、相手のフォワードは怖気《おぞけ》をふるったであろう。もっとも、当時の浦高ラグビー部は石原を擁しながら、あまり強くなかった。連戦連勝というわけにはまいらず、水戸高との対抗戦でもむしろ押され気味だったという。浦高ラグビー部で一年先輩の小松正鎚《こまつまさお》（第一投資顧問社長）は、浦高時代の石原について次のような思い出話を披露している。

石原は凝り性だった。麻雀クラブができれば、朝から晩まで入りびたりということもままあった。

ラグビーの練習が始まっても石原が見当たらないので、麻雀クラブではないかと探しに行くと、案の定、やっている。「すみません」と大きな躰を小さくして練習に参加したものだ。

撞球も我々は百ぐらいがせいぜいだったが、石原はたちまち三百ぐらいつくようになってしまう。集中力はすごかった。

わたしが浦高の三年で、受験勉強を始めた昭和五年の終りごろ、石原が「寮ではうるさくて勉強ができないでしょう。僕の下宿を使ってください」といってくれ、わたしの寮室と石原の下宿とをしばらく交換してもらったことがある。畑とクヌギ林に囲まれた静かな二階家の二階に石原は下宿していた。三畳の次の間付きの六畳間で受験生には申し分ない環境だった。実際勉強も捗ったし、石原の心遣いにはいくら感謝してもしきれない。

一度こんなことがあった。一階には三十歳ぐらいの未亡人が一人で住んでいたが、夜中、酔っぱらった仲間が陣中見舞いと称して様子を見にやってきた。連中は、障子の隙間から未亡人の寝姿を覗き見しようとして障子を倒してしまったのである。

石原は女にもてた。あるとき玉突き場の女に、わたしのことをやたら褒めるんだ。「この先輩はいい人だ」とかなんとかいってね。あとで聞いたら、石原はその女にいい寄られて閉口していたので、わたしのほうに気を向けさせようとしたらしい。

昭和二十八年ごろのことだが、日産自動車は労使の争議で大変だった。当時、わたしは、住友生命で常務をしていたが、ある日、石原がやって来て「保険会社からカネを借りる方法を教えてくれ」という。そのいいかたが実にうまいんだ。「それじゃあ、手はじめに住友生命から貸してあげよう」といわざるを得なくなってしまった。

これは、最近の話だが、浦高で後輩の阿部譲が新日鉄の副社長から日新製鋼の社長に移ったとき、激励会をやることになり、ラグビー部時代の世話役が石原に出席を求めた。すると、石原は「同じセカンド・ローをやった先輩の小松さんが出るんなら出席する」と答えたそうだ。こういう点は、石原らしいというかゆきとどいてて、あったかいところなんだ。

石原の浦高在学中、左翼運動が起こり、ラグビー部の民主化や学生寮の自治化を求めて同盟休校に発展したことがあった。石原はだみ声で、声が大きいし、教授たちともざっくばらんに話すほうだったので、学校当局から眼をつけられていた。浦高同期で、ラグビー仲間でもある宮内重次郎（日本鋳鍛鋼会会友）や、土田三郎（浦高同窓会常務理事）は「石原の成績は悪くなかったから、東大へ行けたはずだが、左翼的な人間と誤解されてて、推薦してもらえなかった」と話している。

石原は浦高の卒業記念写真に写っていない。卒業が一週間遅れたからだ。

「浦高時代、左翼思想がはやり、僕も相当影響を受けた。卒業のとき僕の名前が官報に載るのが一週間遅れたのは、当時、埼玉県の共産党の手入れがあったりして、学内の関係者とのつきあいについて調べられたため、学校もなりゆきをみていたからだと思う。つまり僕もマークされてたんだろう。多少かぶれた程度なのに、あのときはまいったなあ」

と、石原は往事をなつかしむ。

浦高時代の恩師、市原豊太（東大名誉教授）は、

「昭和四年と六年に同盟休校があったが、石原君がどういう立場だったかは知らない。退学させられた学生もいる。厚生課の先生が中心に動いていたが、石原君については記憶にない。よくできる人、とくに悪い人は憶えているものだが、よく憶えていないところをみると、石原君の成績は可もなく不可もなくというところだったのではないか。背が高くて、低音で迫力ある話しぶりはよく憶えている」

と話している。ちなみに昭和五十七年六月二十日に目黒の〝味道〟で浦高仲間のクラス会が行われたが、石原は、市原から「春叙勲　出藍の社長　瑞一等」の句をおくられた。市原は仏文の教授で、雅号を「真庭《マニヤ》」と称し、ウイットに富み学生たちから人気があったという。

半ば伝説化しているが、石原と静子夫人の大恋愛は、ラグビー部に限らず東北大の全校に知れわたったという。

昭和十年、石原は東北大の三年生のとき、仙台市で創業三百年を誇る和菓子の老舗〝玉沢〟の可愛い娘にひと目ぼれし、毎日通いつめた。大恋愛というにはあたらない。ひどく古風なものだったらしい。毎日欠かさず〝玉沢〟に和菓子を買いに通うだけで、殺し文句の一つも言うわけではない。そんな石原のひたむきな純情さに、静子は気持を動かされた。たまった和菓子の処分に困って、石原はラグビー部のコンパに持ち込んでいたという話がある。
二人の結婚式は昭和十八年一月二十日に学士会館で行われた。

昭和十二年十一月に日産自動車に入社した石原は、本社経理課に配属された。初任給（月給）は七十五円であった。

国鉄総裁から新都市開発センター社長に転じた磯崎叡《いそざきさとし》は、府立四中で石原の一年後輩だが、
「石原さんは一見豪放そうに見えるが、内面は繊細な男だ。銀行マンにでもなっているのかな、と思っていたら、日産に入社したと聞いて、びっくりした」
と語っている。

石原が大学を卒業した昭和十二年当時のわが国の自動車産業は、まだ揺籃《ようらん》期で、先々発展するのかどうか見通しのつかない状態であった。

当時の学生に見向きもされなかった自動車産業を石原が敢えて選択したことは、驚きの眼で見られていたのである。「慧眼《けいがん》というか、先見性があったという以外にありません。脱帽します」と、磯崎をしていわしめたが、石原には自動車産業の未来が洋々たるものに思えたという。

それは、確信に近かったようだが、まさしく先を見通す石原の眼は結果的にもた

しかなものだったといえる。

日産の副社長から富士重工の社長に転じた佐々木定道は、石原と同期入社だが、新入社員のころ自信に満ちた偉丈夫の石原に接して、「この男は将来、社長になるぞ」と思ったそうだ。躰の大きさといい、堂々たる態度といい、石原の存在はひときわ目立ったという。

後年、石原は日産のプリンスの名をほしいままにするが、課長時代の石原の仕事ぶりは水際立っていた。経理課長時代、第一銀行から三億五千万円の借り入れに成功するなど資金調達で手腕を発揮する。

昭和十九年一月に、日産は軍需会社法にもとづいて、軍需会社の指定を受けるが、横浜工場が京浜工業地帯の中心部にあり、空襲による罹災を避けるため、同工場を疎開させる必要が生じる。二十年四月には、栃木県塩谷郡で地下工場の建設に着手する。軍需大臣の命令で八月末までにエンジン用機械のすべてを疎開できる地下工場を完成させなければならなくなったが、工事は遅れがちであった。しかし、激しい空襲に工場の完成を待ちきれず、七月から横浜工場の機械を貨車で積み出し、栃木県矢板町の停車場付近に積みおろさせる。

この工場疎開で指揮を執ったのが、当時運輸計画課長の職にあった石原である。

「空襲が激しくなって、横浜地区は目標にされてたので、一日も早く疎開させなければならんと思い、国鉄とかけあって無理を聞いてもらったんです。やっと疎開させたと思ったら終戦でしょう、えらい目にあいました」

石原は、終戦直後の混乱期を回想するが、これについて佐々木は「日本も終りだと皆んな虚脱状態でいるときに、石原さんは工場の疎開という難事業を実に手際よくやってのけた。あらためて見直したものです」と高い点数をつけている。

終戦直後は、経理部に戻って、財閥解体の仕事に従事するが「会社全体の動きがとらえられるポストに就いていたことは、いろいろ勉強になった」と石原はいう。

二十六年に経理部長に昇進するが、石原はこの時代に新しい経理方式を編み出した。自動車は月賦で販売されていたが、従来の会計処理は一回分の支払い金で全体の売り上げを立て、当該期の税金を納めていた。つまり、実態と会計処理方式が乖《かい》離《り》し、不合理だから、月賦の支払いが入金された都度、売り上げ、利益を計上する方式に改めて然るべきだと、石原は主張したのである。「割賦販売繰り延べ勘定処理」に関する新方式の制度化を求めて、石原は何度も国税局に足を運んだ。理論的には石原の主張が正しいから、国税局もノーとはいえない。しかし、制度の変更、改正ともなると、そう簡単にことは進まず、結論が出るまで半年ほど要したという。

その後、石原は二十九年に取締役に就任、三十八年常務、四十四年専務、四十八年副社長に昇進、五十二年七月、岩越忠恕のあとをうけて社長になるのである。

3

中央経営協議会が十一月十四日の午後、ほぼ一ヵ月ぶりに開かれたが、新館十四階の役員会議室は険悪な空気が漂っていた。

塩路が眦《まなじり》を決して、二日前の〝事件〟を持ち出したからだ。

二日前、すなわち十一月十二日土曜日に、塩路は銀座のクラブでピアノを弾いている洋子という二十四歳の女をヨットに誘った。洋子は友達のホステスと二人で、塩路の招きに応じたが、この日、日経の長谷川記者が塩路を取材するため佐島マリーナにやって来た。長谷川は前日行われた日産系列会社のパーティで、日産労組の幹部から塩路が十二日に佐島マリーナでヨット遊びをすることを聞きつけ、おっとり刀で駆けつけたのだが、塩路は経営側が自分の行動を監視し、マスコミに売り込もうとしている、と勘繰ったのである。

間の悪いことに、ほかにも日産の管理職が佐島マリーナに居合わせたため、塩路が疑心暗鬼になったのもやむを得ないといえる。

もっとも、塩路としても女性同伴でなければ、こうは神経過敏にならなかったはずだ。いわば臑《すね》にきず持つ身のゲスの勘繰りみたいなことになり、周章狼狽《しゅうしょうろうばい》してしまい、こともあろうにうろたえぶりを中央経協の場に持ち込んでしまったのである。塩路は〝佐島マリーナ事件〟に対する経営側の釈明と適切な処置が講じられない限り、英国進出に関する論議には応じられないと強硬に主張し、手打ちと見られていた十四日の中央経協は、一転して暗礁に乗りあげた。

経営側が一本にまとまっていれば、塩路の本末転倒ぶりに振りまわされることもなかったと思われる。英国プロジェクトの年内決着は、石原がなかば公約として掲げてきたことだが、塩路の理不尽な横車に屈服せざるを得なかったのは、経営側が一枚岩になり切れなかったからにほかならない。何故、見切り発車しないのか、歯がゆく思った日産マンは少なからず存在したはずだし、石原もこの点で大いに悩んだと忖度《そんたく》されるが、川又の優柔不断さに引きずられて、踏み切れなかった、と見てさしつかえあるまい。

日本経済新聞社は十二月二十九日付朝刊で〝日産の英国進出＝越年の意外な背景〟の見出しで、百五十行ほどの囲み記事を掲載したが、この中で〝川又会長、塩路寄り〟の小見出しにつづいて、次のように書いている。

こう着状態の中で、経営側の中には見切り発車論も出ているが、石原俊社長は慎重な姿勢を崩さない。見切り発車という強硬方針を打ち出すのは、経営側が一枚岩になっていなければむずかしい。現在の情勢では、頼みの川又会長が依然塩路会長寄りの立場にあり、最悪の場合は経営内部が分裂する恐れもあるからだ。

石原社長と同様に、川又会長も年内労使合意をめざして努力してきたが、〝塩路問題〟となると一転歯切れが悪くなる。「塩路君の言ってることは会社への言いがかりではない。むしろ、同情すべき点が多い」「組合員が彼をリコールすれば別だが、正式の組合代表である限りは、どんな申し入れでもきちんと聞くべきだ」「見切り発車は絶対すべきではない」など組合をかばう姿勢を打ち出している。

日英間の外交問題にまで発展している日産の英国進出問題が一組合リーダーの〝個人的な事情〟によって左右されるとは一般には理解しにくいが、その背景には抜きさしならない労使の相互不信がある。塩路会長が英国問題決着後、経営側が企業体質刷新を旗印に労連会長追い落としにかかってくるのではないかと懸念しているのは事実だろう。経営側がそれを被害妄想と弁じても、本人にとってはかなり深刻な問題と映る。むしろ、労組の代表がそうした疑心暗鬼に駆り立てられる点に労使間の意思疎通がないことを示している。

それにしても英国進出をめぐっての労使協議が経営のリスク、戦略的効果、人員の配置など重要問題に入らず、個人問題に論議が集中している実情は、英国政府ばかりでなく内外の関係者に驚きと落胆を与えよう。経営側は年明け後も粘り強く説得していくとしているが、本格論議に移るメドは立っていない。

日産自動車は二十八年の大争議後、労使協調体制を確立した。この三十年間の川又—塩路コンビによる協調路線は、いい意味でも悪い意味でも現在の日産の企業基盤、企業体質を形成してきた。英国進出問題を契機とした労使対立は、そうした過去の体制を洗い直す総決算でもある。労使協議が今後どう展開していくかは、単に英国プロジェクトの成否ばかりでなく、ライバルのトヨタ自動車に大きく水をあけられた〝名門日産〟が再生できるかを占うことにもつながっていくといえよう。

（長谷川記者）

〝佐島マリーナ事件〟は、はからずも川又—塩路の盟友関係を露呈する結果をまねいたといえる。

「川又会長が毅然《きぜん》とした態度をとっていたら……」という財界首脳の慨嘆は、日産マン共通の思いではなかったろうか。

翌週は石原が急遽《きゅうきょ》二十一日にイタリアに飛んだため、中央経協は開かれなかった。

イタリアのアルナ・ニッサン（アルファロメオ社と日産自動車の折半出資による合

弁会社）のアベリーノ工場の開所式に、アレッサンドロ・ペルチーニ大統領の臨席が決定したことから、石原は予定を変更して渡伊することになったのである。

同開所式は二十三日に行われたが、計画では年間六万台の「パルサー」を生産することになっている。五十八年三月末から車体組み立てを開始したが、十月末までに八千八百台を生産、アルファロメオ社の販売網に乗せて本格的な販売活動に入った。十月二十八日から一週間で千二百台を売り捌《さば》いたというから、好調にすべり出したといえる。

日産の海外戦略は開花期を迎えつつあるかに見える。残るは英国プロジェクト――。早いところ決着をつけたい、との思いを募らせて、石原は二十五日、イタリアから帰国した。

第六章　怪文書事件の波紋

1

日本興業銀行相談役の中山素平《なかやまそへい》が、日産自動車会長川又克二、同社長石原俊の訪問を個別に受けて相談をもちかけられたのは、昭和五十七年夏のことだ。

当時、川又と石原は、英国プロジェクトで、意見が対立し、抜き差しならぬ状態になっていたので、中山なら調整機能を果たしてくれるだろうとお互いが期待したとしても不思議ではない。

もっとも、川又は友人としてつね日頃から中山と会っているから、とくに相談をもちかけたということにはならないともいえるが、石原は、財界の大先輩で、主力銀行の興銀の相談役でもある中山に、切迫した気持で協力を求めたのではあるまいか。

「川又君が英国進出に反対しているのは、トヨタに押されっぱなしの国内をこのままにして海外戦略にうつつをぬかすとは何ごとだ、ということなんです。国内をもっと重視しろ、というのは当然といえば当然なんですよ」

「その点はよくわかります。国内を軽視しているなんてことはありません。むしろ最大限、力を注いでいるつもりです。ただ、永い眼で見ますと、貿易摩擦の問題もありますから、ＥＣに拠点を持たざるを得ないと考えています」

「僕もその点は川又君にも伝えている。いまさら退却というわけにはいかんだろうし、両者の考え方を合わせた使いかたがあるはずなんです。会長と社長が真っ向から対決するなんてよくないですよ」

「会長には必ずわかっていただけると思っています。中山さんからもよろしくおとりなしをお願いします」

「僕の立場では、英国プロジェクトに賛成も反対もないが、前進するにしても退却するにしても両者は一体であるべきなんです。退却が考えられなければ、前進で一本にならなければいけません。問題は前進の在り方なんでしょうね。両者が一本になれば、塩路君を説得することは可能ですよ」

中山が自動車労連会長の塩路一郎に面会を求められたのもこのころである。

中山は、「塩路さんから電話がありました。相談したいことがあるそうです」と秘書を通じて事前に連絡を受け、七月上旬の蒸し暑い日の昼下がりに、大手町の興銀ビル十二階の役員応接室で、塩路と会った。

塩路は相談というより英国進出に反対だと自分の意見をまくしたて、さらには川又—岩越時代と石原時代との労務政策の相違、石原社長に対する不満をぶちまけ、一時間ほどしゃべりづめにしゃべって引き取った。

中山はもっぱら聞き役に廻り、「きみのいっていることはよくわかるよ」とも、逆に「そりゃあ、きみ心得ちがいだよ。きみが間違っている」ともいわなかった。

塩路にしてみれば、中山に相槌ぐらいは打ってもらいたいところだし、石原を説得して、英国進出を思いとどまらせてほしいと期待しても来たのだが、中山の反応は鈍かった。

一年の凍結期間を経て、この問題が再燃した五十八年の夏以降に、塩路に意見を求められていたら、もう少し別な対応もできたであろうし、塩路の〝突出ぶり〟を諫《いさ》めることをしたかもしれないが、当時、中山は英国プロジェクトに関する知識も不十分だったせいか、意見を述べることは差し控えている。

もっとも、中山は「僕はダラカンだからはっきり自分の意見なんかいいませんよ。それに僕の立場でそんな差し出がましいことはいえませんせん」と述懐しているから、塩路が仮に現時点で、中山に意見を求めたとしても、どこまで踏み込めるかは疑問である。

中山の調整機能を期待できないと見たのか、恃《たの》むに足らずと思ったのかつまびらかではないが、その後、塩路は中山の前に一度も顔を出していない。

しかし、中山が塩路に対して英国問題で意見をいわなかったことで、塩路なりに「中山は英国進出に反対なんだ」と勝手に解釈した可能性がないとも限らない。

一九八三年九月十九日号『フォーチュン』に掲載されたカバーストーリー「日産を引き離したトヨタ」の記事の中に、中山が英国プロジェクトに反対している旨の記述がみられるが、フォーチュン誌のヘンリー・スコット・ストークス記者が塩路から直接か間接かはともかく「中山も反対している」とのコメントを引き出したと考えるのは穿《うが》ち過ぎであろうか。

中山は、東亜燃料工業の中原伸之常務の紹介でストークスに会ったことはあるが、英国問題に関する質問は一切受けていないという。ストークスの用件は「日本の政治経済をアメリカに紹介する雑誌をつくりたいので、日本の有力な出版社を教えてほしい」ということだったのである。

だから、中山は『フォーチュン』の九月十九日号が発売された直後に、川又克二と会ったとき「きみが英国プロジェクトに反対している、と『フォーチュン』に書かれてるが、なにか話したのかい」と訊かれて、大いにびっくりしたそうだが、『フォーチュン』ともあろうものがコンファームもなしに……と中山は怒り心頭に発した。

中山と川又はともに昭和四年三月に東京商大を出て、興銀に入社した。川又は、昭和二十二年広島支店長を最後に興銀を去り、日産自動車に常務で転出、二十三年専務、三十二年社長に就任した。

四十八年に岩越忠恕にバトンタッチするまでの十六年間、日産のトップとして君臨しつづけることになるが、岩越社長の四年を含めた二十年間に及ぶ労使蜜月時代に、塩路がどれほど力を蓄えたかは計り知れぬものがある。

労組リーダーを甘やかし放題甘やかし、労使のけじめもつかぬほどハネあがらせたことの責任は、経営側としては問われて然るべきであろう。

「英国プロジェクトに断固反対する。組合との合意がないままに会社が事を進めるならば、組合として重大な決意をもって、それに対処せざるを得ない」といった内容のプレスリリースを記者会見で配布することが経営権の侵害にならないと考える労組リーダーの存在は、まことに摩訶不思議なことだといえる。

ただ、英国プロジェクトに対して基本的に反対していた川又としては正面切って塩路を批判できないというジレンマがあることは否定できない。

川又の相談相手を日産の社外に求めるとすれば、中山を措いてほかにいない。少なくとも川又の古巣である興銀で、川又の相談相手になれるのは中山だけだ。

「川又君ほどの剛愎《ごうふく》な男が、池浦君（興銀頭取）などの後輩に相談するなんてことは考えられませんから、勢い僕のところへ話しに来るんですよ」と中山はA新聞の村田記者に話したことがあるが、川又が塩路の突出ぶりを中山にこぼしたことは一度や二度ではない。

ナイジェリア・プロジェクトについても、川又は塩路の態度をけしからんと批判している。

八月十八日に行われた塩路の記者会見後も、川又と中山は会っているが、川又は「あれは、いかん」とはっきり塩路を批判したという。

「僕は、英国プロジェクトに賛成も反対もないが、進むにしろ退くにしろ、きみと石原君は一体であるべきだと思うね。いや、塩路君も含めてといったほうがいいかな。政治問題も絡んでるから退却するのは難しいだろうし、貿易摩擦の問題を考えたらECに拠点を持つことの意味はあるんだろうな」

「そりゃあ、ないとはいわんよ。英国のマーケットも、景気が上向いて、当初の予想ほど厳しいことはないようだから、僕もいつまでも、断固反対とはいわんよ」

「以前にも話したが、年産二十万台に固執しない段階的な進出の仕方があるだろうしね。そろそろきみの出番じゃないのか」

「出番？」

「塩路君を説得するのはきみの役目だろう」

「うん。そのつもりだ」

「塩路君は組合のリーダーとして、国際性は持ってるし、資質がないとはいわないが、率直にいわせてもらうと、組合の指導者と企業のトップは、職分が当然ちがう。経営そのものについて責任を持つのは経営者なんだ。経営に協力することも組合の責任の一つだと考えなけりゃあいかん。それに最終的な決定について組合が介入するのは行き過ぎだと思うね」

「まったくだ。塩路君は少し思いあがっている。利口な男だから自分で気がつかなくちゃおかしいんだが……」

「石原君も苦労するねえ。塩路君に対して、けじめをつけるというか、筋を通そうとしている石原君は立派じゃないか。さすが、きみが後継者として選んだ男だけのことはあるよ。行動力はあるし……。

しかし、あれも銀行家《バンカー》はつとまりませんよ。事業会社の社長さんとしては非常に優秀だけど。事業会社のトップに求められる行動力と、バンカーのそれは、ちょっとちがうからね。こないだ新聞記者に川又君と僕が興銀時代、ライバルで張り合ってたのかと訊かれたから、銀行員としては僕のほうが優秀だったけど、事業家としては川又君にかないっこないって話しといたよ」

「……」

「それにしても、きみのところを大日産なんていうけど、石原君のあとはいるのかね。日産の社長ともなれば、中だけを取り仕切ってればいいというわけにはいかん。外に対して通用する人じゃないといけない。そうなると石原君しかいやせんじゃないの」

「そんなこともないな」

「とにかく、いつまでもゴタゴタしてたらいかん。早く決着をつけなけりゃあ。日産は日本を代表する企業で、経営者なり組合のビヘイビアが世界的に注目されてるわけだから、よほど姿勢を正してもらう必要がある。新日鉄とかトヨタとか日産とか日立は、日本の顔だからね」

川又は、中山にハッパをかけられて、塩路対策に本腰を入れなければいかん、と思った。

中山は、川又に対して「いつまでも苦労することはない。早く楽をさせてもらったらいいよ」といいつづけてきたが、いまの日産にとって川又が必要なことは百も承知だし、英国プロジェクトを川又と石原の二人三脚で仕上げなければならないこともわかっている。

昭和五十八年の二月一日に、川又克二・はる子夫婦は、結婚満五十周年を迎え、一ツ橋の如水会館の大ホールに二百人余の親しい知己を招いて金婚式の披露宴を設けた。

披露宴で、中山は参会者を代表して祝詞を述べたが、この中で中山は、

「早く川又君に楽をさせてあげてください、と石原社長はじめ日産の皆さんにお願いしたいと思います。見るに忍びないとまでは申しませんが、友人として、忙し過ぎるんじゃないかと少しく心配しています」

と話している。

川又は仏頂面で、中山の挨拶を聞いていた。余計なことをいってくれる、と胸中は泡立っていたに相違ない。

「川又という男は名誉欲の強い男で、中山のように恬淡《てんたん》としたところはさらさら無い。死ぬまで、会長の椅子にしがみついて離すまいと考えている。一日でもいいから財界総理といわれる経団連会長になりたいといって憚《はば》からない男だ」と語る財界首脳もいるほどだから、そんな中山の挨拶が癇《かん》にさわらぬはずはない。

川又の顔色を読んでいたとも思えぬが、指名で中山のあとマイクの前に立たされ

た石原は、

「いま、中山さんは川又会長を隠居させてやれ、という意味のことを申されましたが、残念ながら会長に楽をしていただくわけにはまいりません」

と、隠居説を否定した。

おめでたい席でもあり、リップサービスにつとめたとも考えられるが、石原が本音を吐露したのかどうか疑わしい。川又と塩路のもたれあいは、客観的にみても眼にあまるし、それが日産自動車をどれほど毒しているかに思いを致せば、川又が代表取締役会長でありつづけることを石原が願っているとは考えにくいのである。

石原の挨拶《あいさつ》を聞いて、川又は八の字眉をさらに下げて含み笑いを洩らしたが、そんな川又を見てとって、石原は、

「こんな嬉しそうな会長のお顔を見たのは初めてです。経営会議で、このようなお顔を見せていただくと、会議の進行もずいぶんとスムーズにいくのですが……」

とつづけて、会場をわかせた。

英国問題に対する川又の姿勢を暗に批判したととるのは穿ち過ぎかもしれないが、この時期、川又が英国進出反対の態度を変えていなかったことを考え合わせると、ここに石原の本音が出ていると受けとめても、さほど不自然ではあるまい。

ともあれ、五十八年二月の時点で、川又と石原の留任は、この日の石原の挨拶か

らもはっきりうかがえるし、石原を退陣させることに躍起になっていた塩路は、ホゾを嚙む思いにされたといえる。

A新聞の村田が、あるパーティの席で、中山に「塩路さんをどう思いますか」と質問したところ、中山は、

「労働界のリーダーを廻ってごらんなさい。いちばん客観的な意見が聞かれると思いますよ」

と、塩路の評判が仲間うちで芳しからぬことを示唆している。

これを受けて、村田は、同盟系の高名なリーダーに、「塩路さんの評判はどうなんですか」と訊いてみた。

「いいわけがないでしょう。会議には必ずといっていいほど遅刻してくる。それも五分や十分じゃない。三十分、ひどいときは一時間。あの人は、国際人で、エスタブリッシュメントの一員と思ってる人だから仕方がないんですかね。なにしろ日米賢人会議のメンバーですから……」

そのリーダーは皮肉たっぷりにつづけた。

「ヨット遊びと銀座を飲み歩いてて、現場の労働者の気持がつかめるわけがないと思うんですが、そういう人が二十年も組合のトップとして君臨しつづけている。日産って不思議な会社ですよ」

塩路は組合の仲間うちなど親しい者と話しているとき、石原のことを『ストーン』という言いかたをする。たとえば「ストーンが社長になるくらいなら、俺のほうがよっぽどましだと思うけどね」「ストーンがやった海外戦略はことごとく失敗している」といったあんばいだが、石原にクンづけで呼ばれたといって怒り心頭に発した男とも思えない。

　国労出身で、代議士になった富塚三夫《とみづかみつお》も、塩路と並び称せられる労働貴族といえなくもないが、富塚には親分肌で憎めないところがある。

　あるリーダーは、村田にこんな話をしてくれた。

「トミさんは人にプレゼントするのが好きでね。きみゴルフをやるのか、と訊かれたから、やりませんと答えたら、組合のリーダーたる者ゴルフぐらいやらなくちゃあ駄目だ、っていうんです。一週間ほど経ったら、ゴルフクラブを一セット送ってきました」

　富塚が身銭を切って高価なゴルフクラブのセットをプレゼントしているとは考えにくいが、労働界における富塚と塩路の人気度はまことに対照的である。ちなみに塩路は昭和二年一月一日、富塚は同四年二月二十七日生まれで、両人とも明治大学の同窓生である。

2

日産自動車T工場の生産現場で係長をしている平野信が、その日の夕方なにげなく自宅のポストを覗くと一通の封書が眼についた。宛て名は平野本人で、差し出し人は「日産係長会・組長会有志」とある。

封を切ると、週刊誌大の用紙に横組みで印刷された文書には「日産の働く仲間に心から訴える」という見出しにつづいて、五ページにわたって次のようなことが書かれてあった。

本年は、日産労組は、創立三十周年を、会社は創立五十周年を迎えます。

しかし、この意義ある記念の年にもかかわらず、日産自動車は現在、大変な危機に立っているように思います。

長年、生産現場を守ってきたわたしたちが、今こそ、しっかりしなければ五十周年の年が日産没落の第一歩となるかもしれないとの気持から、われわれは、同じ仲間である皆様方に訴えるべく立上りました。

どうか現実を直視し、問題点をしっかりとつかんでいただきたいと思います。

一、これ以上、塩路会長のいうことにはついてはいけない。

昭和二十八年、われわれの諸先輩が多くの血と汗を流し、多大の犠牲を払って全自動車・日産分会を壊滅させ、新生日産労組を結成して三十年がたちました。また、塩路会長が自動車労連会長に就任して以来二十一年の長き歳月がたちました。その間、自動車労連、日産労組は企業基盤の確立、強化こそ組合員の生活の向上の源泉であるとの基本的立場にたち、諸活動をすすめてまいりました。

しかし、最近、塩路会長が会社の内外で行っている恥ずべき行動は、日産の企業基盤を弱体化させるばかりであり、このままでは組合員の将来の生活すらおびやかす危険なものであると考え、生産現場の中核を担うべきわれわれの係長会・組長会のメンバーは、もうこれ以上、塩路会長の行動にはついていくことはできない、ついていくべきではない、と決意し、ここに立上りました。塩路会長は、今年に入って、ＭＥ協定（一九三ページ参照）を逆手にとって、工場の設備導入にストップをかけ、新車の立上りにありとあらゆるいやがらせをやってきました。また、先頃は、会社の英国進出計画に反対だからといって、形だけの緊急常任委員会を開き、あたかも進出反対がわれわれの組合員全員の総意であるかのような発表を新聞記者に行い、日産内部の恥を天下にさらしました。そればかりでなく、この二〜三年来、塩路会長が行ってきたことは目に余るものがあります。

この二〜三年間、塩路会長は、組合員の生活の向上、労働条件の改善、そしてその源泉となる企業基盤の拡大などを考えるよりは、いかに経営者におどしをかけ、経営者を追いつめるかだけに全力を傾注してきました。一体、塩路会長の目的は何なのでしょうか。それは、以前のように会社から甘い汁を吸えなくなり、自分の権力の範囲が段々と狭められていくのに、あせりを感じた塩路会長が昔の権力を取り戻すため、組合や、生産現場をバックに混乱を起こさせ、あわよくば、経営者を追い出したい——。ここに塩路会長の真の目的があるようです。そうでなければ、こんなデタラメなことを次から次へとする筈がないでしょう。

トヨタにしても、いすゞ、本田にしても、他の自動車メーカーの労組の委員長は、皆、ずっとまともです。塩路会長のようなバカなことをやっている労組指導者は、日産を除いて、どこにいるでしょうか。このまま、塩路会長の行動を許せば、われわれの生活の基盤である会社は、やがて体力が疲弊し、二位の座から、三位、四位へと転落してゆくことは明らかです。塩路会長一人の権力を満たすために、われわれの生活が犠牲にされたのではたまったものではありません。

二、このままでは会社は没落の一途をたどる。

塩路会長がわれわれの生産現場に対して行ってきたいやがらせの主なものを次に列挙いたします。どうか、これを見て、塩路会長が本当に正しいことをやっているのかどうかをよく考えていただきたいと思います。これらの事実はわれわれ有志が各工場と連絡をとりあって集めたものです。

①ライン停止の続発（昭和五十六年二月及び五十六年十二月〜五十七年一月）

横浜、追浜、栃木、吉原等での人身事故をきっかけとして、一週間から十日間という長期間、各工場の生産ラインが止められた。塩路会長は、設備の安全性のチェックということをまことしやかな理由にしているが、本当の目的は、事故に便乗して会社にいやがらせをすることにあったことは明らか。事故はもっけの幸いとして自分の権力拡大を狙おうとするこのような卑怯ないやがらせは許すことができない。

②P3運動の停止（昭和五十七年十月）

塩路会長はあれだけ熱心に推進していたP3運動を突然一方的に停止した（一九三ページ参照）。われわれはこのP3運動を職場へ根づかせるのにどれだけの苦労をさせられたことだろうか。それを、会社の英国進出計画を阻止させるためなどという理由でこのような大事な問題を出したり、おもちゃにされたのでは現場をあずかるわれわれはたまったものではない。

③ME協定を逆手にとった会社へのいやがらせ（昭和五十八年四月〜現在）

六月以来、新設備の工場への導入、配線、配管、据付けの一切が塩路会長の命令により殆んど全ての工場においてストップさせられている。本年三月に塩路会長が会社に申し入れて締結させたME協定を、まさか、同会長が設備導入へのいやがらせのための武器として使おうとは、日産五万組合員の一体、誰が予想したであろうか。これによって塩路会長は、裏切りの名人であることを全組合員の前にさらけ出した。これによって、秋の新型車は確実に生産トラブルを起すであろう。

塩路会長はかねがね会社の国内シェアが年々下っているのは経営者の無能のせいだと言ってきましたが、生産現場から満足に車が出ないようにし、販売の足を引っ張ろうとしている真犯人は、まさに、塩路会長その人ではありませんか！

このようないやがらせが二年も三年も積み重なっているわけですから、日産の生産性があがるわけがありません。ある係長が職制からきいた話では日産の生産性はトヨタを下回っているのは勿論のこと、東洋工業にも抜かれているという惨たんたる状態にあるとのことです。今、塩路会長のこのような〝活躍〟を手をたたいて喜んでいるのはトヨタなのです。企業は上昇するのは並大抵のことではありませんが、落ちるのは早いといわれます。繰り返しますが、われわれがこのまま、塩路会長の私利私欲のためのやりたい放題を許しておけば、日産はじわじわと活力を失い、やがて立ち枯れて没落の急坂をころげ落ちていくことでしょう。

三、日産の役員に訴える。

塩路会長が現在、会社に対して行っている数々の不当行為の百分の一でも、いや、万分の一でも、もし名もない組合員が行った場合、会社はどうするでしょうか？ その組合員は必ず懲戒免職され、職を失い、一家は離散の悲劇を罰としてうける筈です。

役員の皆さんに訴えたい。何故塩路会長だからといってそのことが許されるのかと。塩路会長が自分の権力を日産圏内に確立したいがために、会社側に数々のいやがらせを行い、そのために一日何千万円もの損害を会社がうけていることは、役員の皆さんが一番良く知っておられる筈です。何故、会社役員は、このような日産の危機に直面し、毅然たる態度をとっていただけないのですか？

日産の原点である生産現場をこれ以上、塩路会長のオモチャにさせないでもらいたいのです。不良息子の家庭内暴力におびえ、オロオロと逃げまわるだけの情けない父親の姿に、役員の皆さんがなってもらいたくありません。日産自動車を「塩路自動車」にしないためにも、どうか勇気をもって、塩路会長のいやがらせに立ち向って下さい。

四、再び日産の現場を支える皆さんに訴える。

三十年前、全自・日産分会益田組合長は、「企業は消えても組織は残る」と豪語し、ありとあらゆる生産非協力と経営妨害を闘争手段に日産を存亡の縁《ふち》にまで追いこみました。組合が生産現場を管理し、ラインスピードは益田組合長の意のままでありました。それから三十年――。今、塩路会長がやっていることは、まさに益田組合長が三十年前にやったことと同じではありませんか！

日産は塩路会長が一人で作ってきた会社ではありません。われわれや皆さんが一生懸命努力して作ってきた会社ではありませんか。たった一人の労働貴族の権力欲のために、六万社員の日産自動車が没落の道を歩むようなことを絶対許してはなりません。

錆は鉄より生じて、やがて鉄そのものを亡ぼす――といいます。日産という企業内に生じた塩路会長という鉄サビは、われわれ日産人が除去しなければ、誰も取り除いてはくれないのです。そのことを肝に銘じて、明日から、生産現場に向おうではありませんか！

（追記）

われわれは、今まで係長会、組長会に属する者として、塩路会長の行動には不安感を抱きつつも、塩路会長もいつかはその路線を修正するであろうとの希望を抱いて今日までやってきました。しかし、昨今の塩路会長の行動は余りにも常識を外れており、このままでは日産そのものが沈没しかねないとの危機感から立ち上ることにしました。今のところわれわれのできることは限度があり当分はこのようなアピールを手紙に託して皆さんに行うことしかできません。しかし、ねばり強く行うつもりです。塩路会長と一部の組合幹部は、今まで反組合的活動は全てマル共勢力のしわざとしてきましたし、事実マル共以外には塩路会長を批判する動きはあまりありませんでしたので、きっとこの手紙もその一種と宣伝するに違いありません。しかし、内容をご覧いただければそのような外部勢力やマル共の連中のものではないことがおわかりいただけると思います。係長会、組長会の中に、健全な勢力が厳然として存在することをどうか信頼していただきたいと思います。塩路会長は会社の生産組織と現場を会社に対するおどしの道具として使っていますが、われわれは絶対に塩路会長の人質になる積りはありません。

3

「日産の働く仲間に心から訴える」は、追浜工場など日産の工場で働く組合員を中心に郵送された形跡があるが、労連本部の指示で、労連会長を誹謗《ひぼう》する悪質な怪文書として回収され、焚書《ふんしょ》に付された。

平野に「日産係長会・組長会有志」から呼びかけはなかったから、「有志」の存在を確認することはできないし、どの程度の勢力かも知る由もないが、文書の内容はいちいち思いあたることばかりで、平野の胸の中にしこりとなって残った。

平野が、ふと思いたって五十嵐を自宅に訪ねたのは、十二月上旬の風の強い日の夜のことだ。

五十嵐は、平野が所属する日産労組T支部の副支部長である。年齢は、四十一で平野より六歳年上だが、工業高校の先輩でもあり、気心の知れた仲だ。

日産労組は十六支部から成るが、T支部には支部長、副支部長、常任五人、計七人の専従が詰めている。

平野は、電話で五十嵐の在宅を確認するとき夕食は済ませたと断ったのに、五十嵐は食事の用意をして待っていた。

「すこしは入るだろう。つきあってくれよ」

「食べてきたばかりですから、とっても無理です」

「ビールは腹にきついか」

「はい。水割りをいただきます」

五十嵐の家族が食事をしている間、平野はテレビを見ていた。

五十嵐はそそくさと食事を片づけると二階の部屋へ平野を誘い、灯油のストーブを点火し、水割りを飲みながらの話になった。

「あらたまってどうしたんだ」

「とくにあらたまってもいませんが、最近の組合は少しおかしいんじゃないかって気がするんです」

「まだ怪文書のことにこだわってるのか」

「あの文書にも書かれてましたが、塩路会長にはついていけない、と思ってる組合員は相当数いるんじゃないでしょうか」

「めったなことをいってくれるなよ。俺だからいいようなものの、相手を見てものをいわんと大変なことになるぞ」

五十嵐は、眉をひそめた。

平野はグラスを両掌でこねくりながら訊いた。

「五十嵐さんは、塩路会長にまったく疑問を感じませんか。石原社長を倒すことが、あの人の最大の眼目で、労連という組織を権力闘争のためだけに利用しようとしているんですよ」

「……………」

「会長は一年のうち三分の一は海外出張してるようですが、そんな必然性があるんでしょうか。しかも米国日産などの現地の出先に、最高級のホテルのスイートルームを予約させて、精算させてるという噂を聞いたことがあります。あの人のことだから組合からもホテル代を取っているかもしれませんね」

「事実とは考えたくないが、万一事実だとしたら由々しき問題だな」

「夜な夜な銀座、赤坂を飲み歩いてるらしいけど、われわれの組合費がそんなデタラメな使われかたをしてるとしたら、不愉快ですよ。組合費もバカになりません。僕で月に三千五百円、ボーナスごとに一万円以上も取られてるんですから」

「そういうな。俺も専従だから、耳が痛い」

五十嵐は苦いクスリでも服《の》むように顔を歪めて水割りを呷《あお》った。

「五十嵐さんみたいに組合のことに真面目に取り組んでいる専従なら、文句はいいませんよ。七ＬＤＫだかの豪邸に住んで、土、日はヨットに女性を乗せて遊びほうけている組合のリーダーがほかにいるでしょうか。四十フィート艇はでか過ぎて、佐島マリーナに繋留《けいりゅう》できないなんて聞いたことがあります」

「組合のリーダーのステータスは、経営者と対等もしくはそれ以上と考えてる人だからな。欧米のユニオンのリーダーは、プール付きの大邸宅に住んで、自家用の飛行機を持ってる人もいるそうだよ」

「それは、マフィアとつながるリーダーのことですよ。アメリカの運輸労組の会長にジミー・ホッファーなんて凄《すご》いのがいたそうですが、かれらは団体屋というか請負い業なんです。日本のような企業内組合とはわけがちがいますよ。

塩路会長ほどの労働貴族が日本に二人と存在するとは思えませんね。組合員のために滅私の精神で尽すのが組合指導者じゃないんですか。使命感、倫理観のひとかけらもないリーダーには早くやめてもらいたいですよ」

「今夜はやけに絡むじゃないか。例の怪文書は、平野の仕業じゃないかって気がしてきたぞ」

五十嵐は皮肉っぽくいって、ウイスキーボトルを二つのグラスに傾けた。

「残念ながら僕はお呼びではありませんでしたが、冗談ではなく、〝日産係長会・組長会有志〟の中に入りたいくらいです」

平野はにこりともせず返して、つづけた。

「あの人の収入はいったいどうなってるんでしょうか。あれだけの豪邸とヨットだけ考えたって、とてもバランスはとれないんじゃないですか」

「おい、よせ。あんまり下司《げす》の勘ぐりみたいなことをいうな」

五十嵐は、さすがに顔をしかめた。

「持てる者に対する持たざる者の僻《ひが》みだけならいいんですけどね」

平野は負けずにいい返した。

五十嵐は気づかわしげな眼で平野を見遣った。

「白川、貝原なんていう連中が怪文書の探索をやってるようだから注意しろよ」

「それじゃあまるで僕がやったみたいに聞こえますよ。その点はご心配なく。しかし、塩路の謀略部隊がまた暗躍してるんですか」

白川実、貝原剛三とも自動車労連の幹部だが、裏の組織のリーダーと目されている。

平野と五十嵐の話は、深更までつづいた。

「八月下旬だったか九月上旬だったか忘れましたが、〝シルビア〟を発表したとき、玉なし発表会を余儀なくされたディーラーが続出したらしいですね。組合がそう仕向けてるんだから、さもありなんということになるわけです。こんな常識では考えられないみっともないことが、わが日産では年がら年中あるんだから、救いがたいですよ」

「その点は同感だ。P3運動の停止にも首をかしげたが、ME協定をあんなふうにねじ曲げて、会社にいやがらせをするとはわたしも思わなかった」

五十嵐も眉間に深いしわを刻んでいる。

P3とはプロダクティビティ（生産）、パーティシペーション（参加）、プログレス（進歩）のイニシャルをとって命名した生産性向上運動のことだが、英国進出問題に反対して、日産労組は、五十七年十月にP3運動を停止した。

ME協定は、マイクロエレクトロニクス（ME）すなわちロボットをはじめとする先端技術を用いた自動化、省力化設備、機器など新技術の導入に関する労使協定のことで、五十八年三月一日に締結された。

〝世界初のME協定〟〝ロボット解雇はしません〟などの大見出しで各紙が報じたが、会社と組合は協力して新技術の円滑な導入を進めるが、会社は新技術の導入を理由とする解雇、一時帰休は行わないと同協定に規定されている。

「せっかく新技術を導入しながら、新鋭設備が何ヵ月も据えつけられずに置き去りにされていますが、無茶苦茶としかいいようがありませんね。組合の執行部の中で問題にならないほうがおかしいですよ。いつまでもこんなことをやってたら、日産は東洋工業や本田技研にも抜かれてしまいますよ。

組合員の雇用を守っているのか福祉につながるのかチェックする必要があるから、新設備の導入は認められないなんて変な理屈が通用するんですかねえ」

「いろいろ首をかしげたくなることはあるが、われわれ副支部長クラスで会長に意見をいえるような雰囲気じゃないからな。いや、執行部の中に会長にものがいえる者が果たしているんだろうか。現場の係長、組長クラスの任命権は実質的に組合、つまり会長にあるわけだから、ものいえば唇寒しって感じになるのは仕方がないな」

「仕方がないですみますか。現場の人事権、管理権を組合に掌握されている会社がほかにあるでしょうか。石原社長を退陣させることに夢中になって、組合員にいやがらせばかりさせてる塩路が組合を牛耳ってる限り、日産の業績は悪くなる一方です。あの人をリコールすることを、いまこそ真剣に考えるべきなんですよ」

「果たして塩路さんだけが悪いんだろうか。なんせ塩路さんを支持している役員はたくさんいるからな。川又会長からしてそうなんだから……。日産車体の社長になった浦川なんてひどいもんじゃないか。いつだったか、浦川が出した通達は、現場にラインストップさせる口実を与えてくれたようなものだ」

浦川通達とは、五十六年二月に、取締役安全衛生管理部長名で出された「災害の原因が特に設備に起因する場合、同類設備の運転を一時停止しても類似個所の点検を行い、安全性を再確認する」を指している。浦川通達を盾に、ある工場では使用されていない扇風機のカバーが落ちてきて、従業員がひやりとしたからという理由で、数時間もラインを停止した。しかも当該工場の工場長は、組合から詫《わ》び状まで書かされている。こうした例を挙げ出したらきりがないほどたくさんある。

「現場がこんなに荒廃しているのは、塩路が労連の会長をしてるからですよ。浦川なんて塩路に踊らされてるだけです。トヨタとの格差について、塩路は経営トップが無能だからだっていってますが、ためしに塩路がやめてみたらいいんですよ。とたんに生産性が上がるはずです。塩路みたいな男をバックアップしてる川又という爺さんの気がしれません」

「塩路会長もそのうち眼を醒ましてくれるだろう」

五十嵐は沈鬱《ちんうつ》な顔になっている。

「百年河清を待つようなものですよ」

ウイスキーボトルを四分の三ほどあけて、二人とも呂律《ろれつ》がいくらか怪しくなっている。

「日産労組の組合専従は約百五十人で、トヨタのほぼ倍ですよね。自動車労連と全トヨタ労連の対比は二倍や三倍じゃきかないと思います。うちの労組の組織が肥大化してるところにも彼我の差を痛感しますよ。行革をやるべきなんです。

日産労組だけで約四十億円の基金があるが、ストをやらないから増える一方でしょう。これをどう運用してるんですかね。年間三十億円近い予算がどんなふうに使われてるのか。塩路会長が海外旅行と飲み食いでどのくらい使ってるのか、一度聞いてみたいですよ」

「おまえ、きょうはいいたいことをいって、胸がスーッとしたろう。だから、ほかでこんな話をしたら承知せんぞ。きょうの話は忘れるんだ」

五十嵐は、平野の帰りがけにも諄《くど》いほど「オフレコだぞ」と念を押した。

第七章　経営風土の転換

1

Ａ新聞記者の村田修一郎は十二月三日の午後、日産自動車本社経営管理室付課長の小見山健と大手町の喫茶店で会った。小見山のほうから電話で会いたいといってきたのである。

「日産の中を取材すると、石原社長と塩路さんの個人的な確執ととらえてる人が案外多いね」

「だから困るんだ。役員にも管理職にも、塩路に対する石原の対応を迷惑そうに見てる人が実に多い。変な客に敷居を跨《また》がれたと思っていると、あれよあれよと思う間に土足でずかずか座敷まで上がり込まれてしまったから、なんとか玄関の外へ出てもらおうと必死になって頑張ってるのが石原社長なんじゃないか……」

小見山は、コップの水をひと口飲んでつづけた。

「電車の中で煙草を吸ってるヤクザ者が注意した客に殴る蹴るの暴力沙汰に及んだとしようか。それをわれ関せずでひややかに見ている客は多いと思うが、石原―塩路の個人的確執だといい立ててる者は、迷惑だから二人とも電車から降りてくれ、といってるようなものだ」

「小見山は、石原さんびいきだからな」

「普通の会社だったら、役員と管理職が結束して組合ボスに対抗するんだろうが、日産はボスに大きな声で恫喝《どうかつ》されると、孤軍奮闘している社長を放ったらかして、ボスのご機嫌をとりはじめるんだから、情けないったらないよ」

「悲しき日産マンの体質《さが》ってやつだな」

村田が茶化すようにいうと、小見山は深刻な面持ちで、うなずいている。

「昨夜、先輩の社員と会社の帰りに飲んで話したんだが、第二次日産革命をやらなければどうにもならんところへきているという結論に到達した」

「第二次日産革命……」

村田が鸚鵡《おうむ》返しに訊いた。

「昭和二十八年の宮家《みやけ》さんを中心とする企業研究会が母体となってすすめた第二組合の結成は、いわば第一次日産革命といえると思う。イデオロギー闘争というか、階級闘争に血まなこになっていたイデオロギー主義者を倒したわけだ。

ところが、塩路に代表される組合ゴロが跳梁跋扈《ちょうりょうばっこ》し、会社をがたがたにしてしまった。いま日産の中には日和見主義、ナアナア、マアマアの馴れ合い、もたれ合いが横行している。組合ゴロを一掃して、経営風土を刷新しなければ、日産は八〇年代に生き残れないかもしれない」

「三十年後のいまこそ、第二次日産革命をやるべきときというわけだな。それにしては経営体質も脆弱《ぜいじゃく》だし、社員の意識もいまひとつじゃないの」

小見山は眼鏡の奥の眼を閉じて、世をはかなんだような顔をした。

「小見山のサジェッションのお陰で、少し日産という会社について勉強させてもらったが、調べれば調べるほど〝さまよえる日産〟〝日産よどこへゆく〟っていう思いが強くなってくる。このままでは、確実にいすゞ自動車みたいになってしまうだろうな。

いすゞは、かつてご三家の一翼を担い、輝ける栄光の時代もあったが、いまやGMのメカケとまでいわれるところまで凋落《ちょうらく》してしまった。日産がそうならないという保証はないぞ」

「きみ、そんなことを記事に書くのか」

小見山は、アイスクリームの匙《さじ》を投げ出して、眼を剝《む》いた。

「まだデスクと相談してないからなんともいえないが、どうせ書くんなら、こくのあるものを書かんとね。シリーズものとしてやりたいくらいだが、一企業を対象にどこまでスペースがとれるかな」

「やめてくれよ。たのむ……」

小見山は拝むようなポーズをとった。

村田は皮肉な笑いを浮かべて言った。

「塩路を叩いてくれといわんばかりのことをいってたのはどこの誰だったかねえ」

「それをいわれると辛いが、日産にとってプラスになるとは考えにくい。しばらくこらえてくれないかなあ。これ以上イメージを落すのは、やはり忍びないし、外部の力を借りずに、内部の自浄作用、自助努力でなんとかしなければいかんのだ」

「日産は、塩路さんの記者会見以来、これ以上落ちようがないほどイメージを落しているから、いまさらなにを書かれても、どうってことはないよ」

小見山と村田の話はまだつづいている。村田は、記者クラブへ電話を入れに一度席を立ったが、とくに急ぎの用件はなかった。

「まいったなあ。あんまり刺激してもらいたくないんだけどね。お手やわらかに頼みますよ。少なくとも英国プロジェクト絡みで書くのはやめてほしいな」

「ま、記事にするかしないかは、まだ先のことだが、小見山のヒントはありがたかったけど、きみから取材したわけでもないから、きみに、差し出がましいことをいわれる筋合いはないだろう」

村田にぴしゃりといわれて、小見山は気まずい顔で煙草をふかし始めた。

「英国プロジェクトといえば、その後どうなってるんだ。中央経営協議会は十一月中旬に開かれてから、二週間以上も開かれてないらしいが……」

「聞いてないなあ」

「われわれは十一月十四日の経協で、手打ちになると踏んでたが、これがおかしなことになっちゃったらしいな。新聞や雑誌に書かれたことを塩路さんが問題にして、誰がリークしたのかとか、会社が書かせてるんじゃないかとか、そんなことで二時間も三時間も潰《つぶ》したっていうんだから、いったい中央経協とはどういう性格のものなのか、聞いてみたいよ。

いま開かれている日産の中央経協は、英国進出問題を論議し、労使の意見を調整するためのもののはずだが、自分に不都合な記事を書いた新聞や雑誌をやり玉にあげて、けしからんと塩路さんがいきまいて、それでおしまいなんてお粗末な経協、聞いたことないな」

「へーえ。そんなことになってるの、ちっとも知らなかった」

小見山が煙草を灰皿にこすりつけながら、あきれ顔で言った。

「いま、俺を含めて自動車担当記者は懸命に塩路をマークしている。俺は、あのおっさんに会おうとは思わないから、手下《てか》にやらせてるけど、考えてみると、まったく不思議なんだよね。

われわれ自身、この矛盾になんとも名状しがたい複雑な気持になるんだが、本来、英国プロジェクトの可否は、会社つまり経営側が決定すべき問題のはずなんだ。経営権の問題といったらわかりやすいかな。ところが、あたかも労組のリーダーの手中に切り札が握られてるような具合いになっている。塩路さんが首をタテに振らない限り、二進《にっち》も三進《さっち》もいかないなんて、あまりといえばあまりじゃないか」

「………」

「ある自動車会社のトップが、塩路さんが記者会見して、英国プロジェクト反対と華々しくぶちあげたニュースに接したとき、経営権の侵害ではないか、と思わず叫んだという話を聞いたことがあるが、まさにそのとおりなんだ」

「まったく同感だ。しかし、石原社長はねばり強い人だから、やっぱり合意をとりつけたうえで、労使一体となってこのプロジェクトを推進したいと考えてるわけだよ」

「おしんがブームになって、辛抱哲学なんてもてはやされてるが、石原さんのそれは限度を超えてるんじゃないか。我慢にもほどがある。度が過ぎるとピエロに見えてしまう。われわれプレスの人間をして、塩路さんがキャスチングボートを握ってるみたいな錯覚をおこさせるところに、日産のいびつな体質が象徴的に出てるような気がするが、そうは思わないか」

「そうかもしれないが、最後は石原社長のねばり勝ちになるさ」

「それならいいがね。石原さんに、ひところほどの馬力というか気力がなくなってるような気がしてならないが……」

「塩路会長の英国プロジェクトに対する反対論は多分に感情的なもので、自分に相談がなかったからゆるせない、ということなんじゃないかな。あの人は社長より自分のほうが上だと思っている人だから、事前に相談がなかったことが我慢できないわけだね。極端な話、事前に相談があって、参画していたなら、アフリカであろうと南極であろうと賛成するんじゃないのか」

「いくらなんでも南極は極端過ぎないか」

村田が笑いながら言うと、小見山は「必ずしもそうでもない」と真顔で返した。

「それにしても、宣伝戦で経営側は労組側に押され気味だな。塩路さんの反対論は一応スジが通っているというか、取りようによっては反対論のほうにより合理性があるように思えるが」

「理屈をこねてさも合理性があるように見えるが、感情論以外のなにものでもない。

反対論を論破することはわけはないんだ」

「それなら、石原社長は反論すべきじゃないか」

「きみら新聞屋さんの好餌《こうじ》にされるだけだよ。社長にしてみれば、もともと内輪の話という認識があるし、いちいち反論するのは自分を貶《おとし》めることになると思ってるんじゃないのかな。なにも塩路なんかのレベルまで落ちる必要はないものな。だいたい、フィージビリティー・スタディーにどれだけのエネルギーを投じたと思う。だい日産百年の大計といえば大袈裟になるが、海外戦略上、英国プロジェクトは不可欠だとの結論に到達するまでに、われわれはあらゆる観点、角度から研究、検討を重ねてきた。労働、部品調達、工場建設・生産、販売の四分野にわたるフィージビリティー・スタディーは、感情的な反対論などにふりまわされるほどちゃちなしろものじゃない」

小見山は、口の端に吹き出た唾液をハンカチでぬぐってから、再び煙草に火をつけた。

「いちいち英国プロジェクトのメリットなり必然性をあげるつもりはないが、一つだけ言わせてもらうと、いま英国に資本進出しなかったら、そのチャンスは二度とめぐってこないかもしれないということだ。

ヨーロッパはアメリカに比べてはるかに保護貿易主義的な色彩が強い。アメリカは産業の転換期に一時的には保護貿易主義的な措置をとらざるを得なくなった。自動車の数量規制はその顕著な例といえるが、これは一過性のもので、本質的には開放経済、オープンマインドを堅持したいと考えている。なんといっても自由主義圏の盟主だし、保護貿易主義がいかに産業の活性化を阻害するかよくわかっているからね。

ヨーロッパの停滞に思いを致せば、わかることだが、産業のイノベーション意欲が希薄で、地盤沈下しているヨーロッパでは、自動車産業にしても、マーケットを限られたメーカーで仲よく分けあってきた。そこへコスト競争力が強く性能の優れている日本車が参入し、短期間に相当なシェアを確保してしまった。欧州の自動車メーカーの日本車観は反発を通り越して憎悪に近いものになっているというが、なんといっても自動車は基幹産業だから、ＶＴＲやカメラのように、日本製品になすがままにされているわけにはいかない。自動車産業に対する保護措置がＶＴＲやカメラの比でないのはそのためで、数量規制は当然として、投資についてさえネガティブな考えかたをとっている国がほとんどなんだ……」

小見山は指の間でふすぶる煙草が二センチほど灰になっていることに気づいて、あわてて灰皿にそれを落とした。

「たとえばの話、日産がイタリアでアルファロメオ社と年間わずか六万台規模のプロジェクトを進めるに際しても、フィアットなどの欧州メーカーは〝トロイの木馬だ〟と一斉に反発したじゃないか。サッチャー首相は、英国の自動車産業を活性化するために、あえて日産に進出を求めてきたが、保護貿易主義の台頭によって、日本の資本進出を許容しなくなる恐れなしとしない中で、いま進出しなかったら、その機会を永遠に失うことだってあり得ないことではない。欧州に生産拠点を確保しておかなかったら、一千万台のマーケットを放棄することになりかねないわけだ」

塩路さんはアメリカ、アメリカとさかんにいうが、アメリカは完成車の輸出に寛大な国だし、そのほうがはるかにメリットも大きい。もっとも、塩路さんとUAWの関係は大変なものらしいし、米国における雇用のことを強調してるけれど、こんどはトラック工場じゃだめだ、乗用車をつくれと無茶苦茶なことをいい出す。トラックでも乗用車でも現地で生産すれば、雇用につながるはずなのに、トラック工場が完成したら、乗用車じゃなければいかんという。要するに石原社長を引きずり落すことを眼目としている人だから、社長のやることなすことすべてにケチをつける。そんな人とまともに論議ができるわけがないんだ」

「塩路氏の反対を感情論として片づけていいのかどうかわからんが、ほかに英国プロジェクトのメリットはないのか」

「いくらでもあるさ。英国はＥＣの主要国の中で最も賃金が安いし、大手の部品メーカーも多数存在している。なによりも、サッチャー政権に限らず、労働側も大英帝国の没落に危機感をいだき、自動車産業の活性化を体質改善のテコにしたいと考えていることだ。つまり現時点では、日産の進出に対して国をあげて歓迎しているわけだ。英国政府の強力な支援もとりつけられることになっているが、欧州全域を睨んで英国に生産拠点づくりをすることは、日産が海外戦略をすすめる上で必須のことだとわれわれは確信している。GMにしても、フォードにしても欧州に生産拠点を確保しているが、いま欧州に進出しなかったら、ローカルメーカーになってしまうよ」

小見山はしゃべり疲れたとみえ、生あくびを洩らした。

2

小見山が、村田と別れたのは午後三時過ぎだが、土曜日なので大手町のオフィス街は人通りが少なかった。六年前、社長に就任した直後の石原の勇姿が思い出されてならない。日産のプリンスといわれた石原が六十五歳にして漸くひのき舞台に登場したのである。小見山たち日産マンにとって待望久しいエースの登板といえた。

昭和五十二年九月号の社内報に石原は次のように書いている。

「八月下旬から約一ヵ月かけて、週二日間、横浜工場を皮切りに全工場、事業所を回り、従業員の方々に集まってもらい、直接話をし、また、部課長と懇談する機会を得た。回数にすると両方で三十三回になるので、当初からかなりハードワークになるだろうと覚悟をしていたが、遠方の工場で夜勤者の集会を終って帰宅すると、夜半一時近くになったこともあった。

しかし、暑い中を一時間近く立ってわたしの話に耳を傾ける数千人の従業員の方々の顔を見るたびに、その責任の重さを痛感し、疲れも忘れる思いがした。横浜工場、追浜工場の夜勤者の方々に話をした時に、室内でもあり、相当暑いことも手伝って、二、三の人が気持が悪くなって退場された。

話が終った後で情況を聞いたところ、外に出て休んだので別状ないとのことであったが、若い人が大部分であると聞いて驚いた。部課長との懇談会でこのことが話題になったが、最近入社した人たちの中には、十分な体力を持っていない人が多いとのことであった。

入社後三十年、四十年と長く会社の勤務を続けるためには、若いときの体力の訓練が非常に効果があると思うので、今後は業務の研鑽《けんさん》とともに、体力づくりにも大いに取り組まねばならないと考えた」

当時の石原は活力と気概にあふれていた。小見山たち若い社員が石原にぐいぐい引っ張られていくような求心力を感じたものだ。

石原が九月七日に座間工場を視察したときのスケジュールをみると、佐々木副社長、金尾専務らを帯同して正午に到着、スーツを作業衣に着替えてから工場貴賓室で昼食をとり、午後一時五分にマイクロバスで第二工場ファイナル広場に移動、座間地区全員集会（約四千人）に臨み、約一時間にわたって挨拶《あいさつ》した。

二時二十五分から三時十五分まで工場巡視、五分の少憩後、社用車で相模原部品センターに移動、三時五十分から四時二十分まで同センターを視察、四時半から一時間、同センターPRホールで六百人の従業員を前に話をしたあと、再び座間工場に戻り、六時十分から七時四十分まで座間地区部課長懇談会に出席、二十余名の部課長と懇談した。

そして八時十分から九時十分まで、第二工場ファイナル広場で二千人の夜勤者に熱っぽく語りかけたのである。

社長就任直後の高揚した思いが座間地区の一日だけを切り取っても伝わってくるが、四十年余に及ぶ日産の歴史の中で、工場を巡回し、従業員と直接対話した社長は石原をもって嚆矢《こうし》とするだけに、社員間の反響は大きかった。

東京本社では、八月二十五日に歌舞伎座を借り切って約三千人の社員を集めて大集会が行われたが、あのときの潮騒《しおさい》のような胸の高まりを小見山は忘れることができない。石原のリーダーシップによって、日産は必ずトヨタに追いつき、追い越すと確信したものである。

石原は、赤鬼のように顔をまっ赤に紅潮させて、舞台にしつらえた壇上で話をつづけている。

「マスコミに〝攻めの石原、トヨタを追撃〟と書かれていますが、わたくしは自分の口からトヨタ追撃といった憶えはありません。しかしながら、日産に働く誰一人として、いや日産圏に働く誰一人としてトヨタに追いつかなくてもよいと思っている人はいないでしょう。皆んなが追いつき追い越したいと願っているんです。

だとすれば、わたくしは全社員の先頭に立って、頑張らなければならないと思うのです。では、ほんとうに追いつき追い越せるのでしょうか。日産は、潜在能力は充分持っていると思いますし、追いつけない要素は何もない、とわたくしは信じて疑いません。

この二、三年ですぐにそれをなし遂げることは無理だとしましても、すでに見てきましたように英知を集めた計画を樹立し、皆んなでそれを達成しようとする努力と、生き生きとした職場を作り出そうとする努力とを積み重ねることによって、それは可能になるのだと確信します」

石原は、一段と声を張りあげて、結んだ。

「経営者は経営者らしく全体的長期的観点に立って、管理者は管理者らしく計画的かつ公平な眼を持って、そして従業員は何ごとにも大胆に積極的に行動することによって、全員が持てる力を百パーセント発揮しようではありませんか……」

歌舞伎座をゆるがすような万雷の拍手は、しばらく鳴りやまなかった。

起ちあがって喝采をおくった場面を、小見山は昨日のことのように憶えている。

ちなみに、石原が本社の従業員に対して行った訓話の内容は、あらまし次のようなものであった。

「最も重要になってくるのは、モデルチェンジ政策だと思います。モデルチェンジといってもただ、型を変えれば良いというものでは、ありません。

第一に社会的責任として、省資源車でなければならないと思います。車の軽量化、省燃費型を目指し、各部門において、より一層の研究、開発をお願いしたい。

第二にスタイルについては、時代を先取りしたセンスを織り込んでもらいたいのです。ただ単に、設計者、デザイナーだけではなく、販売部門でも充分な調査、研究を行い、商品に生かしてゆくことが大切です。実に当社は約五〇パーセントを輸出しております。商品化計画には、もっと諸外国の動向も反映されるような体制をとる必要があると思います。

第三は、モデルチェンジの期間です。これは今後の政策の中で、大きなポイントを占めるでしょう。どうしたら効率化出来るのか、ご検討願いたい」

「現在、トヨタに敗けているのは、それだけの理由があるからでしょうか。よい商品さえあれば、トヨタに勝てるのでしょうか。必ずしもそれだけではないと思います。トヨタに勝つためには、国内、輸出とも、販売力の強化が、不可欠です。どうしたら、販売力を強化することが出来るのか、真剣に考えていただきたいと思います」

「トヨタとの格差の中で、最大の問題は、利益の格差であります。すべての部門にわたって、経営効率の向上は不可欠ですが、特に原価の低減は今後の経営を支える一つの柱として、絶対に、実施しなければならないと考えます。

そのために先日の経営会議で、原価低減委員会の設置を決定しました。いずれ、具体的展開に入るでしょうが、自分自身の問題として、受けとめて欲しいと思います。特に、購買部門については、ただ単に、購入価格の引下げということではなく、技術指導を含めて合理的な価格政策を検討していただきたい。

また、よりよい財務体質を築くことが、重要であるということはいうまでもありません。一例として、在庫削減の問題があります。要は、各部門が収益重視の考え方を基本に持つことが、重要であると思います」

「現在、会社は、労働組合と協力して、Ｐ３運動を展開しています。これは労使の協力、全員の参加で生産性の向上にとりくみ、企業の発展や、従業員の福祉の向上に、つなげようとするものです。この生産性の向上について、具体的に目標を織り込み計算化したものが、中期経営計画であります。

また、それを達成するためには、活力あふれる職場作りが、大事ですが、風通しが良い、何でも物がいえる風土の中で、実力を百パーセント発揮出来る職場を作ろうということだと思います。巷間いわれているように、今や日本経済、さらには、世界経済は一つの曲り角にあると、思います。

いいかえれば、ピンチであると同時に、大きなチャンスであるともいえます。この時期に、世界の一流企業となるために、そして、皆んなの生活水準をもっともっと向上させるために、P３運動は必要だと思います。P３運動は、日産自動車のみならず、広く日産圏全体を含んでいます。

日産圏全体の繁栄なくして、当社だけの繁栄はありえないのであって、このためにも、自動車労連と協議協力しながら、圏全体としてのP３運動を進めてゆきたいと念じております」

トヨタを追撃するはずが、逆に引き離される一方で、二位の座さえもおびやかされているのがいまの日産の現状ではないか、と小見山は思う。

労組によるP３運動の停止は、労組がパイの配分を要求してきた従来のパターンから、パイそのものを切り崩そうと企図してきたことへの危険性を感じずにはいられない。

石原が社長の間はシェアをあげさせないと豪語し、利敵行為をしつづけている塩路が労組のリーダーとして蟠踞《ばんきよ》している限り、トヨタ追撃など夢のまた夢であろう。それどころか村田記者ではないが、日産が第二のいすゞにならないという保証もない。

日産の生産性低下のすべてが労組に起因していると決めつけることはできないにしても、P3運動の停止、一連のラインストップ、ME協定を逆手にとっての対応ぶり——などをみるにつけ、労組がどれほどネックになっているかを思い知らされずにはいられない。ゆきつくところは、塩路である。塩路がやめなければ日産は後退をつづける一方なのだ。

塩路の存在は阻害要因としてあまりにも大きい。それを考えると絶望的な気持になる、といっても大袈裟ではない。

昭和五十四年の新年の始業式を横浜工場で行い、有線で各工場へ伝達したい、と石原は考えたことがあった。ところが、労組に「社長が横浜に来たら、始業式をボイコットする」といわれ、結局恒例どおり本社従業員だけを歌舞伎座に集めて行わざるを得なくなったようだ。

社長就任直後、全国の工場、事業所を巡回して全従業員に語りかけ、対話したことで、石原の人気は高まったが、塩路はそれを嫉妬《しっと》したのであろうか。

五十四年の夏、日産系列の愛知機械が売り出した小型ワゴン車「バネット」がヒットし、販売部門から増産要望が相ついだため、愛知機械の労組（自動車労連の部労に所属）は、労連に休日出勤の許可を申請したことがある。これに対して労連は頑として二直休出（一日）しか認めなかった。

止むなく愛知機械の労組は労連に内緒で夏休みに四直休出を実施し、増産要請に応じたが、労連の休出拒否によって、日産がマーケットチャンスを逸したケースは枚挙にいとまがないほどたくさんある。

「市光問題」「小牧事件」などによって生じた石原と塩路の亀裂は、拡大する一方だが、最近の塩路は、常人とは思えないような気がしてくる。

川又が、英国プロジェクトで賛成に廻り、塩路を批判したというニュースに接したとき、小見山は狂喜したが、川又のスタンスには、いまだによくわからないところがある。村田は、石原は馬力がなくなったのではないか、といったが、それも気がかりであった。

金屏風を背に川又、石原、金尾、内山、久米ら日産自動車の首脳陣が正装で並び、招待客を笑顔で迎えている。十二月七日の正午過ぎにホテルニューオータニ・鶴の間のパーティ会場は、三千人余の招待客で埋《うず》まった。

この日、日産自動車の創立五十周年記念パーティが開かれたのだが、延々長蛇の列で、A新聞の村田が日産自動車の首脳陣前に到達できたのは十二時四十分ごろである。

3

塩路が現れたのは、一時過ぎで、偶然、到着が同時刻になったのか、会場の入口付近で待機していたのか定かではないが、日産車体社長の浦川浩が腰を折って塩路の先導役をつとめた。浦川は日産自動車の常務から五十八年六月に日産車体に転じたが、人事労務を担当し、塩路の盟友といわれた男である。

塩路は薄い茶色のサングラスに、薄紫色のスエードのブレザー姿である。

松坂慶子、沢田研二、加山雄三、近藤真彦、松方弘樹、二谷英明、それに王貞治ら日産のコマーシャルに出演しているタレント陣が顔をそろえ、会場は華やいだムードを盛りあげているが、それにしても薄紫のブレザー姿の塩路はひときわ異彩を放っている。

石原が入口の金屏風の前を離れて会場に進み出ると、すぐに輪ができ、さっそく英国問題で質問を浴びせかけられる。

「きょうは生ぐさい話はよそう。おめでたい席だからね」

石原は、同じ質問を何度受けたかわからないが、判で押したような返事を繰り返し、にこにこ笑顔をふりまいて会場を歩き廻った。

「社長は年内に決着をつけたいと何度も公約されましたが……」

食いさがる記者に対して、石原はこたえている。

「そうありたいね。いや必ず結論は出ると思っている」

川又もパーティ会場で記者の質問攻めにあった。

――塩路さんを説得できたんですか。

「川岸まで、馬を引っ張って行ったが、水を飲むかどうかは、責任持てんよ。馬自身が決めることだからな」

――塩路さんは、まだ反対の態度を変えてないんですね。

「何がなんでも反対だといっているわけではない。だからといって、そう簡単に労使が合意できるとは思わんが。ま、うまくいけば、年内に決着するかもしれないな」

──労使の相互不信感は根強く存在してるんですね。

「映画を見て昭和二十八年の大争議のころを思い出したよ。いまも当時とどこか似たようなムードがあるが、労使は協調しないといかん。労使協調を取り戻すことが最大の課題だ」

川又は表情をひきしめて語った。「映画を見て……」というくだりは、パーティ会場で〝もう走り始めています二十一世紀へ〟と題する記念映画が上映されたが、鑑賞後の感想である。

同記念映画は、上映時間二十分足らずの短編だが、初代社長の鮎川義介《あいかわよしすけ》も画面に登場するなど半世紀に及ぶ日産の歴史をまとめたものだ。

塩路も新聞記者に取り囲まれた。

「ずいぶんモテますねえ。年が明けちゃうとこんなにはモテないでしょう」

冗談とも皮肉とも取れるが、塩路は微笑を浮かべている。

──英国プロジェクトはどうなるんですか。まだ反対してるんですか。

「夏の記者会見でも絶対に反対なんていってませんよ。あのときの声明文をよく読んでもらえばわかるはずです。しかし、基本的には反対です」

──年内に決着したいと石原さんはいってますが……。

「さあ。経営側とあと何回か協議しなければならないが、十八日までは総選挙の関係で日程の調整がたいへんでしょう」

過去、何回か開いた中央経営協議会で結論が出ていないことはたしかだが、それにしても歯切れが悪い。いらいらしたのは村田だけではなさそうだ。

二時近くなって、パーティ会場でハプニングが起きた。並み居る新聞記者、カメラマンたちによって石原と塩路が握手をさせられたのである。ありていにいえば、お互い顔を見るのもいやなはずだから、素直に握手などできるとは思えないが、衆人環視の中で拒めば、大人気ないといわれるのが落ちだ。

「きょうは芸者だから、なんでもやるよ」

察するに石原としてみれば、そんな気持で手を差し出したのではあるまいか。石原と塩路の握手に、川又までが加わって上から手を重ね、三人が照れくさそうな、あるいは、こわばった笑みを浮かべながら、カメラにおさまった。まさに茶番である。さすがに塩路はカメラの前ではサングラスを外している。

新聞写真を見る限り、英国プロジェクトを労使が協調して推進することになった劇的な一瞬と錯覚しかねないし、事実「労使合意を印象づけた」と書いた新聞もある。しかし、内実は、三者三様に、この期に及んでもなおそれぞれ異った夢を見つづけていたのである。

もっとも、前日（六日）の中央経営協議会で別れ際に、塩路のほうから「あしたは笑顔で会いましょう」と束の間の〝休戦〟を申し出、「そうしよう」と石原も応じているから、茶番とかヤラセというには当たらないともいえる。

村田は七日のパーティ会場で、石原をつかまえて十分ほど立ち話をした。

「二ヵ月ほど腰を入れて日産を取材しましたが、いざ記事にしようとすると〝漂流する日産〟とか〝さまよえる日産〟といった見出ししか頭に浮かんでこないんですよ」

「それはどうしてかね」

聞き捨てならんというように、石原は眉をひそめ、手にしていたグラスの水割りを一口すすった。

「だって、シェアの低迷とかディーラーの収益悪化とか、経常利益の大幅低下とか、イメージダウンの材料ばっかりじゃないですか。きわめつけは、英国問題をめぐるごたごたですかね。いや、まだまだあります。座間工場のサニーの組立て工程でしたか、第二工場の自動化ラインは、五月稼動の予定だったのに、いまだに動いてないそうですね。ME協定が裏目に出て、現場は逆に動揺してるのとちがいますか」

「きみたちマスコミが誇大に書くから動揺するんだ。お手やわらかに頼むよ」

「誇大なんてとんでもない。これでもわれわれはセーブしてるんです。労組の実態なり歪んだ労使関係を書きまくったらどうなりますかね」

「いや、きみたちが考えてるほど労使の関係は悪くなんかない」

石原は、水割りを口に含んで、村田のそばから離れたがっているような素ぶりをみせたが、「もうちょっと……」とくいさがられて足を止めた。

「今年は明るいニュースもけっこうあったじゃないの。モデルチェンジした車種はいずれも好調だし、昨年はいわばボトムで、今年から上昇に転じると思うけどな」

「なにも石原さんにお世辞をいうつもりはありませんけど、たしかに日産は素晴しいクルマを出しています。僕は女房ともども十五年ほど日産車に乗ってますが、いままで全部いいクルマに当たって、エンジンは快調だし、文句のつけようはありません。

しかし、性能の良いクルマをつくっていれば売れるはずなのに、もう一つシェアが伸びないのはどうしてなんだろうと不思議に思うんです」

「……………」

「トヨタとの比較でいろいろなことがいえますが、最大の問題は労使の在り方にあると思います。いまの労使関係がつづく限り失礼ながら日産は二十一世紀に生き残れないんじゃないかという気がするんです。

総合力がものをいう時代に、経営に協力しない組合を抱えている日産は、トヨタにかないっこないし、熾烈《しれつ》な国際競争に打ち勝てるとも思えません。若い人たちが誇りをもって、もてる力をフルに発揮していける職場かどうか……」

「ご意見はご意見として拝聴しますが、日産は二十一世紀に生き残れるし、いや隆々と栄えることを請けあってもいい。労使が多少ぎくしゃくしてることはあるかもしれないが、会社をよくしたいと思わない日産マンは一人もいないはずだ」

「もっと危機感をもってほしいですね。日産が没落して、市場がトヨタのガリバー型になったら、日本の産業から活力が失われることになるんです。日本経済が停滞しないためにも日産には頑張ってもらいたいですね」

「ご高説、銘記しておくよ」

石原は、誰かに肩をたたかれて、会釈のつもりかグラスを高く掲げて、長身をひるがえして村田に背中を見せた。


塩路が経団連で記者会見したのは記念パーティの翌日、十二月八日の午前十一時のことだ。

八月十八日のときは、塩路のほうから積極的に記者会見に臨んだが、この日は「どうしても来いといわれたから、来たまで」としぶしぶ応じたかたちである。しかし、塩路は終始にこやかに応対した。もっとも、英国進出に賛成なのか反対なのか最後まではっきりせず、「塩路って男は、わからない。これじゃあ記事の書きようがないじゃないか」と嘆いたり、首をひねった記者が大勢いたのである。

塩路は、英国問題に対する組合の基本方針として、
①企業の安全と労働者の雇用と生活を守りながら将来の発展を図る
②国際協力、産業協力、労働者の連帯の精神に照らして考える
③日産の実力を踏まえたうえで国内、海外を見渡した世界戦略を立てる
——の三点をあげ、

「組合は早くから日本の自動車産業が海外で生産活動を行うことを主張してきましたが、このことは国際協力の必要性を痛感しているからなんです。この考えは現在も変ってません」としながらも、「英国への工場進出は、基本的に反対です」と従来からの主張を変えなかった。

米国ならいいが、英国はだめだといっているようにもとれるが、「まだ登山口で、労使協議は進展してませんよ」と、これからの話し合い如何だと気をもたせたような微妙ないい廻しもしている。労組がかねて主張しているBL（ブリティッシュ・レイランド）との共同生産については、「敗者復活戦はないでしょう」と諦《あきら》めた様子だ。

この日の記者会見は、要するに、ふりあげたこぶしをおろすには、二十三万人の日産圏組合員の手前もあって、それなりの大義名分が必要だ、といいたかったのだ

ろうか――。

　部下の宮木から、記者会見の報告を受けたとき、村田はうんざりした顔で言った。

「箸にも棒にもかからない女の腐ったような男としか、いいようがないな。こんなくだらない男をリーダーとして戴く組合員こそいいつらの皮だし、長い間まともに対応してきた経営側の辛抱強さにはつくづく頭が下がるよ」

「石原社長はきょう九州工場で記者会見してるようですが、どんな話をしてるんですか」

「相変らずで〝年内に決着をつけたい〟の一点張りだよ。十二月二十六日の創立記念日までに、なんとかしたいってことだろうし、それまでに労組と何度でも交渉を重ねる。粘りぬくということなんだろうな。石原さんの忍耐力には、端倪《たんげい》すべからざるものがある。凄《すご》い人だ」

「しかし、日産にはいらいらさせられますねえ。この先どのくらいつづくんでしょうか。二十六日でスッキリすればいいんですが……。ふつうの経営者なら、とっくに見切り発車でしょう」

「せっかくここまで粘ったんだから、もうひと頑張りしようってことだろう」

　村田は投げやりに返した。

　石原はこの日、乗用車「シルビア」新型車の第一号車出荷記念式に出席するため、福岡県苅田《かんだ》町の九州工場に出張し、現地で記者会見したのである。

暮れも押しつまったある日の夕刻、経営管理室長の香川は、石原に呼ばれて、十四階の社長執務室に急いだ。ノックをしたが応答はなかった。

香川が少し強めにノックを繰り返して、室内に入ると、石原は窓際に立って、外を眺めていた。

香川はなにやらハッと胸を衝かれて、立ち竦《すく》んだ。心なしか、石原のうしろ姿がひどく寂しそうに見えたのである。

放心しているのか、一心不乱に考えごとをしているのかわからぬが、石原は香川に気づいていない。

「香川ですが、お呼びでしょうか」

「おっ」

石原はふり返って、ゆっくりソファのほうへ歩いてきた。

香川が長期計画に関するいくつかの質問に答えて、辞去しようと中腰になったとき、石原が語りかけてきた。

「十年後、二十年後の日産を考えて、いろいろ布石を打ってきたつもりだが、若い人たちはどう受けとめてくれてるのだろうか。わかってもらえんのだろうか」

「そんなことはありません。ただ、社長お一人になにもかも押しつけているようで、内心忸怩《じくじ》たる思いになっている者が多いんじゃないでしょうか。しかし、社長のこころざしは若い世代に確実に受けつがれると思います」

「十年はおろか五年先にも、僕はもうこの会社におらんかもしれない。すべてはきみたちの問題なんだ。われ関せずでは困るんだ。日産のゆくすえを一番心配しなければならないのは、ミドルの人たちなんだよ」

「古い風土に甘んじていてはいけない。古い風土、古い企業体質を容認してはならない、という石原イズムは、若い課長クラスに着実に根づき、息づいています」

「それならいいんだが……」

石原はぽつっといって、口をつぐんだ。

「失礼します」

香川は一礼して、ファイルを抱え、ソファから立った。

ドアの前でふり返ると、石原は眼を瞑《つぶ》り、腕組みした姿勢を変えていなかった。

それは経営トップの孤独と責任の重みを嚙みしめているようにも見える。

粛然とした思いで、香川はもう一度、石原に向かって低頭した。

第八章　決着への道

1

写真雑誌『フォーカス』が塩路一郎に関心を示し始めたのは、米国の経済雑誌『フォーチュン』の九月十九日号に、七ページに及ぶカバーストーリー〝日産を引き離したトヨタ〟が掲載されたことに端を発している。この特集記事中の一枚の写真が『フォーカス』編集部の取材意欲をそそった。塩路が若い女性とヨット上で並んでいる写真である。

塩路に対して三ヵ月にわたって執拗なマークがつづけられ、何枚かの写真が撮影された。ただ、くだんの写真の女性は、かつて佐島マリーナでアルバイトをしていたことがあるが、塩路と特別の関係のないことが取材の過程で判明した。というのは、この女性はヨットのクルーの一人と、ねんごろな間柄にあることがわかったからだ。

もちろん『フォーカス』のカメラマンが何枚か撮影した写真の中に、塩路と親密な女性が写っている。このことは、年があけて昭和五十九年一月二十日発売の『フォーカス』で明らかにされる。少し長くなるが、同誌に掲載された〝日産労組「塩路天皇」の道楽——英国進出を脅かす「ヨットの女」〟の全文を引く。


三浦半島（神奈川県）の相模湾に面したヨットハーバー、佐島マリーナ。午前中に専用バースを出た艇長四〇フィート、朱色と白の船体が美しい一隻のヨットが昼過ぎ、帰港してきたところだ。

昨年の十月三十日。胸を張って舵《かじ》を握っている男が、いま建造すれば四〇〇〇万円は下らぬ金がかかるこのヨットの持主である。男の後ろに若い女がいる。この日、男がヨットに招いた客で、銀座八丁目のクラブでピアノを弾いている。ずっと以前から男は、この女をヨットに誘うつもりだと人に話していた。

ヨットの持主の名は、塩路一郎（57）。日本第二位の自動車メーカー、日産自動車の巨大労組、自動車労連会長。また、自動車メーカー各社労組のセンターである自動車総連の会長でもある。ほかにも肩書きはゴロゴロ。五十七年の年収が一八六三万円。七ＬＤＫの自宅を東京・品川区に所有し、組合の専用車プレジデントのほかにフェアレディZ二台（一台は本人所有、一台は日産車体所有）を使用。「労組の指導者が銀座で飲み、ヨットで遊んで何が悪いか」と、広言してはばからない人物だ。

この日、昼食・休憩後、塩路会長と女（と運転手）はフェアレディZで佐島を去った。車の中で、女が塩路会長の肩に腕をまわして話しかけていた。

十二月二十九日、日本経済新聞社は朝刊に「日産の英進出　越年の意外な背景」と題する記事を掲載した。日産の英国への乗用車工場進出問題は年内に日産自身の結論が出せなかったが、それは十一月から五回開かれた中央経営協議会（日産労使協議の場）で英国問題はそっちのけにして、塩路一郎自動車労連会長の〝個人的な事情〟の論議に時間が費やされたからだ、という内容である。

「十一月十二日の佐島マリーナ事件なるものがあってね。この日、塩路会長は銀座のホステスを二人連れて佐島へヨット遊びに行った。ところが、そこへ新聞記者が二人来た。さらに、日産の管理職も一人姿を見せたというんだね。塩路会長はこれらのことを、経営側が自分の行動を監視し、マスコミに売ろうとしているのだと、ひどく怒った。で、それ以降、中央経協でこの事件の真相が解明されない限り、労使の信頼関係はありえない。解明されるまでは英国問題の検討に応じないという態度に出たわけです」（事情通）

平たくいえば、ホステスを連れてヨット遊びをしているところを見られたというので、塩路会長がアタマにきた。アタマにきたので、日産がいま抱えている最大の懸案である英国進出問題を、討議のテーブルから払い落した、というわけだ。

実は、問題の十一月十二日に佐島マリーナへ来た「銀座のホステス」というのが、一人は十月三十日にヨットの客になった女であり、もう一人は彼女の友達のホステスなのである。つまり、左の写真の若い女性の存在が、日英二国間の巨大プロジェクトの先行きを脅かしかねないという、信じられないようなバカげたことが、この会社で起ったのである。塩路会長の弁。

「その女性とは何もありません。いままで女性問題をいろいろいわれましたが、バーとか座敷での類の話です。経営側のやり方は、私を対象にしていますが、実は組合を狙ったものです」

と、まだこんなことを仰しゃる。ちなみに塩路会長はこの元日も、写真の女性と、城ケ島沖に浮かぶヨットの上で初日の出を迎えたのでした。

ついでながら、本稿は月刊誌『現代』の一九八三年十二月号、八四年一月号、二月号に連載されたが、一月二十二日付英紙『オブザーバー』は〝リボルト　インニッサン　ユニオン（日産労組内の反乱）〟の見出しで、一面に囲み記事を掲載、ピーター・マッギル記者の署名入りで次のように報じている。

日産自動車の英国乗用車工場建設問題は、塩路一郎自動車労連会長の反対が大きな障害となっているが、今度はその塩路会長のリーダーシップに対し、現場からの造反が起こっている。

月刊誌『現代』の今月号に、東京郊外にある日産追浜工場の組長及び係長によって書かれた書簡の内容が掲載された。この書簡は、「英国プロジェクトに関する組合員の総意を正しく伝えていない」「経営陣を公けの場で非難することで、日産を弱体化させている」「新型車の生産に必要な設備更新を邪魔している」として塩路会長を糾弾している。

塩路会長の権威の失墜を避けるため、この造反は組合及び会社によって即座にもみ消されたが、その後月刊『現代』に漏れてしまった。

オブザーバー紙が接触した信頼すべき筋によれば、この書簡に関する月刊『現代』の報道は事実であり、昨年、新型車二車種の生産立ち上がりの際、新規設備の導入に関する組合の承認を引き延ばした塩路会長の遅延戦術は、経営側に対する意図的ないやがらせであったとしている。

T工場（追浜工場のコードネーム）平野係長宛てのこの書簡は、塩路会長の行動は非常に恥ずべきものであり、われわれはこれ以上塩路会長について行けない。英国プロジェクトに反対しているのは塩路会長個人であり、新聞記者とのインタビューで、あたかも組合員全員が塩路会長の英国プロジェクト反対を支持しているかのように主張しているが、これは誤りである——という内容のものである。

塩路会長は、月刊『現代』が三ヵ月に亘って掲載した塩路会長の指導性に対する敵意に満ちた記事を、同会長の権威失墜を狙った動きの一環として会社側が情報提供したものである、としている。同会長はまた、自分の行動がスパイされ、同乗の女性とともに盗み撮りされたことについても強く抗議している。

大量に発行されている『フォーカス』誌の今週号で、船尾にもたれかかっているナイトクラブのホステスのそばで舵を取る労働貴族の写真が二ページにわたって掲載されている。

塩路会長は、この写真が会社側の差し金で撮られたものだと述べているが、日本のジャーナリストは、これは組合副会長の内報によるものと語っている。

このようなセンセーショナリズムは、日産の英国プロジェクトに与える影響さえなければ、それほど問題にならないところであろう。日産の川又会長は、同プロジェクトの合意点を探るために九月から十二月にかけて開かれた十回の中央経協のうち五回までは塩路会長が、経営側がマスコミに自分への迫害をあおっているという不満をのべ時間をとられてしまった、と語っている。

日産の関係者は、この塩路会長と石原社長との争いが、年内決着といわれていた英国プロジェクトの決定が再度遅れた理由である、と述べている。

この『オブザーバー』の記事は、時事通信によって、各紙に流されたため、毎日、産経などがとりあげた。〝これでは英国進出も決まらない〟〝英紙、日産労使の泥仕合を厳しく批判〟の見出しで、次のように書かれている。

〔ロンドン二十二日時事〕日産自動車の英国進出決定の遅れは、英国の政府、経済界、労働組合など関係各界をいらだたせているが、二十二日付の英日曜紙『オブザーバー』は一面で、進出反対者の塩路一郎自動車労連会長をめぐる労組内の反乱、スキャンダルなどを中心に日産労使の泥仕合ぶりを紹介、「このようなことでは、進出決定が延び延びになるのは当然」と批判している。

同紙はまず、月刊誌「現代」二月号に掲載された日産労組幹部による塩路批判の手紙の内容を詳しく伝えて、日産労組が塩路会長のもと一枚岩ではない点を指摘、次いで、写真雑誌「フォーカス」が、ナイトクラブのホステスと一緒にヨットを楽しむ塩路会長の〝労働貴族〟ぶりを、二ページの見開き写真で紹介していることを、新聞記者の〝証言〟などを交えて報道している。

同紙は、こうしたセンセーショナリズムや（塩路氏のいう会社側）陰謀などはどうでもよいことであるとし、問題は昨年九月から十二月にかけて十回も開かれた同社の労使協議のうち、五回までが、ジャーナリズムの反塩路的報道に対する塩路氏の苦情を聞く会になってしまった日産の体質にあると批判している。

（毎日新聞一月二十三日付夕刊）

2

昭和五十九年一月十六日の夜九時過ぎ、『フォーカス』編集部のS記者が大磯のプリンスホテルに投宿中の塩路を訪ねた。塩路は、日米賢人会議の関係で大磯に来ていたのだが、『フォーカス』編集部のアプローチを受け、同ホテルで面会することになったのである。

ツインのベッドが据えてあるルームのソファで塩路とS記者は向かい合った。会議の直後のせいか、塩路はめずらしく紺のスーツに身を包んでいる。

日産自動車の英国プロジェクトや海外戦略についても言及されたが、三時間余のほとんどは女性問題の弁明に費やされ、ときおり塩路の顔が翳《かげ》り、話し声に沈痛な響きが伴うこともあった。

「〝フォーカス〟さんが写真を撮られたという女性は、銀座八丁目のクラブでピアノを弾いてるひとです。半年ほどの間に三度ヨットに誘いましたが、ただそれだけのことで何もありません。彼女もヨットが好きなんですよ」

「劇団〝四季〟の女性とか、神楽坂の女とか女性問題でいろいろありましたね」

「いろいろいわれましたが、バーとか座敷での話に過ぎませんよ。昨年十一月十二日のことにしても、経営側がわたしのイメージダウンを狙ってやらせたんです。その証拠もあります」

「シェラー菊地のことはどうですか」

塩路は一瞬、言葉に詰まったが、ぐいと顎を突き出して強弁した。

「絡まれて往生しました。特別な関係はありません」

シェラー菊地とはロサンゼルス在住の日韓混血の女性で、年齢は三十歳前後だが、大変な美形といわれている。数年前、塩路との仲を噂された。週刊誌に書かれたこともある。

「塩路さんが乗っている二台のフェアレディZのうち一台は日産車体の所有になってますねえ」

「そんなことまで書くんですか。書かないでもらいたいなあ」

「車検証を取り寄せれば誰にでもわかることですから」

日産車体の社長は浦川浩である。塩路にとって〝刎頸《ふんけい》〟の友であり、洋子のいるクラブで両人は何度か顔を合わせている。日産車体所有の車を使用していることは伏せておきたいというわけだが、いかなる心情によるものだろう。なにかしらうしろめたい思いがあるのだろうか。

『フォーカス』は塩路と女性の決定的な瞬間を撮影しているのだろうか。それを武士の情で比較的おだやかな写真の掲載にとどめたとみてとれないこともない。

しかし、この期に及んでも塩路はシラを切り通し、『フォーカス』に〝……と、まだこんなことを仰しゃる〟と皮肉られている。それにしても『フォーカス』が書いたとおり元日も洋子なる若い女性と城ケ島沖に浮かぶヨットの上で初日の出を迎えたという塩路の家庭はいったいどうなっているのだろうか――。気を廻したくなるのは、人情のしからしめるところであろう。

後日、記者会見の席上、『フォーカス』の写真の一件について質問した記者に対し、塩路は「わたしも大物になったなあ、と思いました。大物の扱いをされて光栄ですよ」と、表面的にはいかにも余裕たっぷりに答えているが、『フォーカス』のスクープ写真にいたく動揺したであろうことは想像に難くない。

五十八年十一月十四日、同十八日、十二月六日、同十二日、十四日と五回開催さ

れた中央経協は、まさに英国問題そっちのけで、塩路の〝個人的な事情〟に時間が費やされたにもかかわらず、四十日ぶりに開かれた五十九年一月二十三日の中央経協で、急転、労使が大きく歩み寄ったのは、いかなる理由によるのだろうか。

一月二十三日に開かれた中央経協の五日前に、石原―塩路のトップ会談が行われたが、この段階で塩路は何故か英国問題の決着に向けて前向きの姿勢を示し始めたのである。つまり話し合いのテーブルに着いたということができるが、十六日深夜の『フォーカス』編集部S記者のインタビューが塩路の心象風景にどんな影響をもたらしたのであろうか。

記者会見で、塩路は、「写真は真実を映しますから、あれは逃げようがありません。写真は本当にあったことです。しかし、記事のほうが真実を書いているかどうかは別です。そうしたこととひきかえに、イギリス問題を認めたと勘繰る向きもあるようだが、わたしはそれほどちっぽけな人間ではありません。そんなことで大事な協議が左右されることはないと思いますよ。日産自動車も大会社ですからね」という意味のことを話している。

だが、中央経協という場で、本末転倒した話を持ち出して、二ヵ月以上も時間を空費させた張本人が塩路その人だったことに思いを致すと、記者会見における塩路の釈明がひどく空々しいものに聞こえてくる。自家撞着もきわまれりといっていい。

『フォーカス』が〝日産労組「塩路天皇」の道楽――英国進出を脅かす「ヨットの女」〟を採りあげ、掲載に踏み切った動機は、〝こんなことが社会常識的にゆるされるのだろうか〟という素朴な疑問に根ざしていることは確かである。

3

一月二十三日、同二十六日、同三十日と三回にわたる中央経協の論議を通じて、日産自動車の英国進出問題は急転回を遂げる。

毎日新聞が、一月二十七日付朝刊一面トップでスクープし、〝英国進出、日産労使が大筋合意〟〝当初、現地組み立て〟〝六十年末にも生産開始〟〝近く首脳訪英〟と報じた。

日本経済新聞は一月三十日付朝刊一面トップニュースで抜き返す。〝日産、英国進出きょう決定〟〝来秋から生産開始〟〝労使最終合意、三年間はKD（現地組立て）方式〟〝川又会長訪英、一日に日英で発表〟の見出しにも示されているとおり、決定打ともいえるが、川又の訪英は結果的に誤報となり、石原社長が渡英する。石原は現地時間一日午前六時にロンドン・ヒースロー空港に到着したが、早朝にもかかわらず英国国営放送BBCや通信社、新聞社の記者、カメラマンが空港に詰めかかけ、石原ロンドン入りのニュースは当日午前中のテレビニュースのトップで流され、英国が日産のプロジェクトに大きな期待をかけていることをうかがわせた。

同日午後二時から貿易産業省における調印式に臨んだ石原は、デビット英貿易産業相と感激の握手をかわし、カメラマンの注文に笑顔でこたえたが、感慨無量というよりも複雑な思いにとらわれたのではあるまいか。思えば紆余《うよ》曲折があり過ぎた。難産の末にやっと誕生した英国プロジェクトは、当初計画に比べ大きく縮小され、〝実験工場〟からスタートすることになったのである。労使関係は、英国プロジェクトの決着を機に、表面的には正常化へ踏み出したかに見えるが、対立の根の深さはさらに増幅され、複雑化したといえる。後遺症が今後に尾をひくことが予感できるだけに、石原の胸中をよぎったものは苦い思いではなかったろうか。

東京新聞は一月三十日付の夕刊一面で〝問題残した労組介入〟の見出しの解説記事を掲載した。正鵠《せいこく》を射たものなので、以下に引用する。

日産自動車の英国進出が労組の同意により、ようやく実現に向けて動きだした。しかし、企業の海外進出という高度の経営問題が、労組の反対で半年近く宙に浮いた異常事態だけに、同社内外にいくつかの後遺症を残すことになった。

一つは、労使協議の対象がこれによって際限なく拡大される恐れが生じたことである。労使協議は従来、雇用関係に直接影響のある問題を対象にしてきたが、英国問題は新たな前例を作った。そのため日経連幹部などは「労組介入はいき過ぎだ」と強く批判してきた。

また、この事件によって海外進出積極派の石原社長と、慎重派の川又会長の確執などが世界に知れ渡り、日産のイメージを大きく低下させた。

これは、国内販売合戦でトヨタ自動車に大きく水をあけられた矢先のことだけに社内的には深刻に受けとめられ、また昨年来うわさされている石原社長の経団連副会長説にも少なからぬ影響を与えそうだ。財界の一部には「社内もうまくまとめられないのに、財界活動を志すとは」という厳しい意見もある。

ところで、この計画には産業界のてこ入れを目指す英国政府の誘致要請という政治的背景があった。同社は英国自動車市場の停滞を理由に、五十七年いったん計画の棚上げを決めたものの、昨年の先進国首脳会議（サミット）でサッチャー首相が中曽根首相に改めて日産の進出を要請したことから、決断を迫られていた。その後、英国市場はやや持ち直したとはいえ、年産二十万台以上の乗用車をさばくのはかなり難しいと見られている。そのため計画のゴーサインが出たとはいえ、事業採算の見通しは極めて厳しいものとなろう。

（中園隆夫記者）

日産自動車が英国政府との間で取りかわした基本合意書の概要は次のようなものである。

一、日産は、英国の労働組合及び地方自治体との交渉において満足すべき結果が得られることを条件として、英国内の開発地域に工場適地を選定し、乗用車工場の建設に着手する。

サイトは八〇〇エーカー（三二三万平方メートル）程度の見込み。

二、日産が建設する工場は、日本からの輸入キットにもとづいて年二万四千台の組立能力と、四、五百人程度の従業員を有する実験工場である（これを第一段階と呼ぶ）。

この実験工場の操業を通して、日産は労使慣行、現地部品の調達、その他英国における事業運営の環境条件に関する経験をつみ、将来の計画の可能性を見きわめる。

この段階において生産される乗用車は、日本からの輸入完成車として取り扱われることになっている。

三、日産は、この実験工場の経験をもとにして、次の段階（第二段階）に進むか否かを決定するが、この決定は一九八七年（昭62）までに、日産のコマーシャル・ベースによる全く独自の判断にもとづいて行われる。

もし、第二段階に進むことを決定した場合には、少なくとも年十万台の生産能力を有し、従業員は、およそ二千七百人に達することになると思われる。

生産は一九九〇年（昭65）には開始され、一九九一年（昭66）には十万台に達する見込みである。


英国政府の発表より二時間遅れの二月二日午前八時から、日産自動車は英国進出に関し正式に発表した。

この日の朝七時過ぎから記者会見場の銀座東急ホテルに詰めかけた新聞、雑誌、テレビ関係の内外記者は百二十人に及んだ。

同ホテル二階大広間の控室にはサンドイッチやジュースが用意され、八時前には川又会長、金尾、久米、内山の三副社長、原専務、細川常務らが顔をそろえ、まず川又が発表文を読みあげていった。

質疑応答に移った八時半ごろ、塩路がこっそり記者会見場にあらわれた。トレードマークのサングラスに、ブレザーという装いである。経営者側の発表にひきつづいて、組合側も同ホテルで記者会見することになっているため、様子を見にきたと思われるが、それなら、塩路も同席して、川又と並んで記者会見に臨んだら手間が省けたのではないか、と考えた記者は少なくない。なんせ二人は盟友なんだから、と皮肉の一つもいいたくなった記者も一人や二人ではなかった。

川又の記者会見が終ったあと、記者たちはぞろぞろと別の会場に移動した。

塩路の記者会見は、九時過ぎから十時過ぎまで一時間にわたって行われた。

日産の英国乗用車工場計画に関する組合側の見解をプリントにしたものが会場で記者団に配布されたが、そこには次のように記されてあった。

一、われわれは、日産の英国進出問題に対して、『日産の安全を守る』という考え方に立って、労使協議を進めてきた。今回の結論は、この基本態度に沿ったものである。

二、すなわち、今回の結論は、これまでの経過からみて、現在考えうる一つの解決策であり、組合の主張も盛り込まれたものと判断する。

三、今回の決定は、国内販売問題や他の海外プロジェクトとの関係などを考えた当面の結論であり、第二段階（十万台の本格的な生産）に移行するかどうかの最終決定は今後に持ち越された。この点に関し、組合は会社との間で『第二段階に進むか否かについては、労使が事前に協議を尽して決定する』ことを文書で確認した。

四、本計画の推移いかんは、日英両国の関係労働者に少なからぬ影響を与えるものである。したがって、われわれは、両国の労働者を守り、相互の発展をはかる立場に立って、英国の関係組合との連携、協力を深めていく。

塩路と記者団との質疑応答の中から、いくつかをひろい出してみる。

——第二段階をとりあえず十万台の線に押さえたことのねらいはなんですか。

「十万台に押さえたということより、当初多額に必要としていた資金と人員を他に振りむけられるわけです。何かやるには、『敵を知り、おのれを知らば、百戦あやうからず』といいますが、イギリスをもっと研究する必要があるんじゃないでしょうか」

——事前協議を文書で確認したというが、これは第二段階へ移行する時のみの、事前協議と理解してよろしいですか。

「今後第二段階に進むにあたって、可能性を探るために労使の協力は非常に重要だと思います。イギリス人労働者の技術指導をはじめ、こちらからもっていく生産技術をどのようにイギリスの中で適合させていくかなどの問題がありますが、日産の現場労働者の努力に負う部分は、非常に大きいわけです。そういう点で、組合員の出し方、技能員の出し方などからはじまり、イギリスの労働者との協力関係をいかに整備していくかという問題もあります。その間に起こってくる色々な対策等についても、会社と話し合っていかなくてはならないと思うんです。

特に、現地で日産が本格的な生産をやる場合には、イギリスの労働組合と、日産の経営側との協議、事前協議ということが、重要な問題となってくると思います。今までのイギリスの労使関係では、経営問題とか、生産問題についての事前協議はありません。しかし、日本が欧米に産業力で優るようになってきた要素の一つに、労使の事前協議ということがあると思うんです。イギリスの組合も労使の事前協議を期待しているし、わたしたちもそれが大事な点だと考えますので、まず国内でのイギリス問題についての協議というものを文書で確認して、イギリスでもその方向でやりたいと思ってるんです」

――労使の事前協議という問題ですが、例えば、第二ステップに進むか否かについて、合意が得られなかった場合はどうするんですか。

「合意ができなければ進まないというネガティブな話し合いではなくて、合意を持たなければうまくできないから、双方意見が合うように今後も色々と協議を重ねていきたいということを念頭に置きながら文書を作成したわけです」

――第二ステップの可能性は高いんでしょうか。

「可能性があるようにしたいという気持は、ありますけれど、可能性が今高いかどうかはわかりません。可能性が高いかどうかということではなく、可能性が出るようにしたいということで、ＫＤ工場を実験工場という言葉でわたしたちは議論したんです」

――今回合意し、文書でかわしたのは、英国の第二段階に限定されてるんですか。

「英問題に関し、第二段階に進むについて、事前協議をつくして決定するという文書を交わしました。この種の経営問題については、労使が議論をつくさなければならないということを特に、昨年の夏以降お互いに痛感するようになってきました。そういう意味で、経営問題にかかわることを文書で確認したことは、労使関係上の大きな前進だろうと思います。労使関係というのは、経営のすべてに影響するものだと考えています」

――再び、蜜月時代の到来と受けとめてよろしいですか。

「労使関係とは、蜜月というほどのものではないと思いますよ。要するに相互の信頼というのが大事なんです。相互信頼関係をつくっていくことに努力しよう、そういうことで話し合っていこうということなんです」

――労使間のミゾが埋ったということですか。

「いや、前進したということです。英問題についてみても七月以前と八月以降とでは論議の仕方が少しずつ変ってきました。物事すべて、会社が決めたあと、組合にその決定したことを説明するやりかたもあれば、事前に色々な条件とか判断を出しあって、その上で決定をするやりかたもあると思います。前者が昨年の七月以前に多く見られたことで、八月以降は、後者に移ってきた。それだけ労使関係が協議という面で変ってきているわけです。したがって、それを支えているお互いの関係も、変りつつあるとわたしたちは考えています。これはどちらがいいとか悪いの問題ではなくて、それぞれ経営者の考え方、あるいは、組合の考え方によって、やり方があると思うんです。わたしたちは、後者のやり方がいいと思ってやってきたわけですからそういう意味で前進したと考えています」

——ということは、川又さん時代のように、経営上の重要な問題については会社側と事前協議をするということに、かなり期待しているわけですね。

「わたしたちは、そういう期待を持っています。イギリス・プロジェクトという大きな問題について、事前協議の覚書をようやく昨日結んだが、わたしがようやくというのは、それに関して色々な議論があったからです。ですから八月以降時間がかかったともいえるわけだが、今回のこの一件で、わたしたちが判断していることは、今後こういう方向に沿って、色々な問題が社内で議論できるのではないかということです」

——色々マスコミにとりあげられて従業員の士気が低下していると伝えられてま

すが、この点いかがですか。

「皆さんが新聞に書かれるものを見て心配します。心配しないように書いていただきたいですね。しかし、工場部門の士気は衰えていないと思います」

――川又会長が英国プロジェクトに反対した理由はなんでしょうか。

「川又会長はつねに日産の将来を考えて行動してこられた。例えば、イギリス問題は社長を含む数人の経営首脳が、イギリス政府との間で意見を交換して始まったことです。川又さんは、直接イギリス政府との接触はずっとなかったのです。そういうことから物の見方とか、持っている情報とか判断の仕方で差が出てくるわけです。それが川又会長が、サッチャーさんと会い、政府の意向を直接聞く機会も出てきましたし、今度のイギリス計画についてのスタートからの色々な話も、また、英政府としての見解も知ることができました。その間に物の見方とか、判断とかの離れた関係が少しずつ近づいた部分もあったでしょう。それと、人間誰しも同じ考え、同じ判断をするわけじゃありません。川又さんが社長としてやっていたら、また違った方向が、この問題ででていたかもしれませんが、結果的にみても日産の将来を考えた主張をきちっとされていると思います。組合も別の立場で日産の将来を考えてものをいわせていただいたと思っているんですが……」

――英国プロジェクトをめぐって、労使対立というイメージを社内外に与えたことのダメージは大きいと思いますが……。

「ダメージは、日産の社内にはあまり無いと思います。全然無いということはないでしょうが、ダメだダメだと書かれて、ダメなのかなあと、周りを見てよくわからないけれど、これがダメっていうのかなあと、なるわけですねえ。わたしどもは、信頼をベースにした労使関係を三十年間つづけてきたわけですから、そういう今までの関係を今後もキープしていきたいと願っています。日産の従来の労使協議の歴史を知らない一部の人から見ると、組合が少しいい過ぎじゃないかという誤解もされたと思います。そういう面でギスギスしていると思われたのかもしれないし、それはわたしどもの外部の皆さんに対する説明不足がなかったとはいえませんが、内部を見た場合に、わたしはそんなに大きな問題は、おきていないと思いますし、今回の決定によって、職場は安心すると思っています」

4

A新聞記者の村田は、二月三日の夜、小見山と銀座で飲んだ。村田はいくら飲んでも酔いが廻ってこなかった。小見山も同様で二人ともやけ酒のような乱暴な飲みかたになっている。

八丁目のバーは三軒目だが、村田が水割りを呷《あお》った。

「抜かれっぱなしで、デスクにはカミナリを落とされるし、まったくやりきれんよ。『フォーカス』が塩路氏をとりあげたとき、変な予感もしたんだが……」

村田は同じ愚痴を三度もこぼしたことになる。

「もう忘れろよ」

「それにしても、『フォーカス』の写真が英国問題をしめくくったことになるのかね」

「まさか。そんな莫迦《ばか》なことが信じられるか」

「しかし、記者会見での言い訳を聞いてると、さもありなんという気がしてくるな。よっぽどこたえてるんじゃないのか。〝記事のほうは真実を書いてるかどうかは別です〟などと、弁明してたが、はっきり否定したわけではない。『フォーカス』の記事は、塩路氏が写真の女性と特別な関係にあることをほのめかしていたが、本当になんにもなかったら、抗議すればいいんだ。抗議なんてできっこないんだよね」

「きみは、厭な顔をするかもしれないが、日経が十二月二十九日付で書いた記事がインパクトを与えたというか、きっかけになったんじゃないかな。『フォーカス』は追い打ちをかけたということになるわけだ」

「恥を知ってるふつうのインテリなら、辞表を出すんだろうが、あの人はちょっと特殊な人だからな。恥を知らない人は困るね」

「塩路さんの女性の問題なんかどうでもいいよ……」

　小見山は水割りと一緒にいったん口へ入れた氷のかけらをグラスに吐き出して話をつづけた。

「〝労使が事前に協議して決定する〟という労使の共同決定方式みたいなことが、ほんとうにこれからあるのかどうか、そっちのほうがよっぽど心配だ。そういう意味では、英国プロジェクトはこれからが問題で、考えると憂鬱《ゆううつ》になってくる」

「この点で川又会長が果たしたマイナスの役割りは大きいんじゃないのか。川又会長と石原社長が一体だったら、経営権の放棄につながるようなことは断固はねつけられたはずだ。川又会長は塩路によっぽど借りがあるというか、弱みを握られているというのか、とにかく両者の癒着の構造はひどすぎるね。いったいどうなってるんだろう」

　村田はさっきから何度同じ話を繰り返しているかわからない。

　村田は二月五日の夜、成田空港へハイヤーを飛ばした。少なくとも四、五人の記者が空港ロビーで英国帰りの石原を取り囲むことになるだろうか、と考えながら、村田はハイヤーを飛ばしてきたが、案に相違して、ほかに新聞記者の姿はみられなかった。

村田自身、日曜日でもあり、日英両国で同時発表し、在ロンドン特派員を動員して取材をしているので、たいしたみやげ話も聞かれまいと思っていたのだが、それにしても相手は時の人である。ほかに一人や二人は空港に駆けつける記者がいてもおかしくはない。

村田は拍子抜けした思いで、日産の社長秘書と二人で石原を出迎えた。

石原は強行日程にもかかわらず、疲れも見せず、税関ゲートから出て来た。

「ご苦労さまです」

「やあ、誰を迎えに来たの」

「石原さんですよ」

村田は軽い抗議をこめて、唇をとがらせた。

「日曜日に気の毒したねえ。僕は話すことはなんにもないよ。川又会長が記者会見したんだろう?」

「ええ。川又さんも塩路さんもね。石原さんは、二人の強固な連帯関係を再認識させられたんじゃないですか。ひどいもんですね。川又―塩路間のホットラインの凄《すご》さを見せつけられた思いがしましたよ」

「きみ、なにをいいたいのかしらんが、そんな話は聞きたくないな。だいいち、きみが考えてるようなことは断じてないよ」

石原が顔をしかめた。

村田は、躰を石原に寄せて小声で言った。

「こんなことを記事にするつもりはありませんから、本音を聞かせてくださいよ。塩路さんがあんなに強気だったのは、背後に川又さんがいたからでしょう?」

「……」

「〝組合は、会社との間で第二段階に進むか否かについては、労使が事前に協議を尽して決定することを文書で確認した〟と発表してますが、これが事実だとしたら、経営権の放棄ですよ。自己否定じゃないですか」

石原は、むすっとした顔で、一歩あとじさって村田との距離をとった。

「僕のほうはそういう解釈はしていないんだけどね。組合と相談しながら進めるということで、経営権を放棄したとは考えていない」

「……」

「たしかに文書で確認したが、〝会社は、組合と事前に十分に協議を尽して決定する〟となっているはずだ。主語は、会社であって組合ではない」

「つまり、組合が拡大解釈してるという意味ですか……。しかし、この点は今後に禍根を残しますよ。二つの点で組合側は拡大解釈してるわけです。一つは労使の合意がなければ第二ステージに進まないという点です。もう一つは全面的に英国プロジェクト方式が復活すると解釈しているふしがみられる点です。塩路さんが振りあげたこぶしをおろすための仕掛けが必要だったことはわかりますが、あまりにも譲歩し過ぎたんじゃありませんか。もっと闘う姿勢をとってもらいたかったですね」

「そう焚きつけなさんな。僕のほうは名を捨てて、実を取ったつもりなんだが……」

石原が、五メートル後方にひかえている秘書のほうをふり返ったので、村田は立ち話を切りあげた。

「それじゃあ失礼するよ」

「どうも」

村田はしばらく立ち尽していた。あの人は、闘う経営者だとばかり思っていたが、耐える経営者なのかもしれない——。

〈参考資料〉

『21世紀への道　日産自動車50年史』　創立50周年記念事業実行委員会社史編纂部会
『近代的労使関係』　宮家　愈　日本自動車産業労働組合連合会
『日産共栄圏の危機』　青木　慧　汐文社
『日産自動車の決断』　梶原一明　プレジデント社
『わが回想』　川又克二　日経事業出版社
『労働貴族・塩路一郎の優雅な春』　鎌田　慧　「現代」一九八二年五月号
『偶像本部』　清水一行　双葉社

解説　非情の歴史は繰り返す──ゴーンに至る迷走の轍

加藤正文

「カリスマ経営者」として二〇年にわたって賛辞を浴びてきた日産自動車前会長カルロス・ゴーンの衝撃的な逮捕、起訴は、二〇〇一年以降の「聖域なき構造改革」で外資との提携を推し進め、「痛みを伴う」というスローガンで守るべき雇用を削減してきた近年の経済運営の限界を示すような事件だった。

社長西川廣人《さいかわひろと》は「一人に権限が集中し過ぎた。ゴーン統治の負の側面と言わざるを得ない」と述べた。対して被告となったゴーンは勾留中の東京拘置所で一部メディアとの面談に際し、「これは策略、反逆だ」と言い切った。

日産で何が起きていたのか。仏ルノーから送り込まれた敏腕経営者は組織に大なたを振るい、「リバイバルプラン」などで活性化策を練り、瀕死の状態から復活させた。しかし時をへて一七年、出荷前の新車で国の規定に違反する無資格検査が常態化していたことが発覚し、リストラの一方で品質を担保する現場力の低下が露呈した。

そして今回のゴーン事件では「私物化」と言わざるを得ない実情が次々と表面化した。破格の報酬の虚偽記載、海外での自宅の無償提供、家族旅行の費用負担、姉へのコンサルタント料の支払い……。救世主はいつから、なぜ、会社を食い物にするようになったのか。非情にも退職を強いられた二万人もの従業員はどんな思いでゴーンの姿を見ているだろうか。

「歴史は繰り返す。日産には独裁を許す企業風土がある」

と高杉良は言う。一九八四年刊の『覇権への疾走』にその原点が刻まれている。当初、月刊誌『現代』八三年十二月号～八四年二月号に連載され、加筆されて単行本になった。その後『労働貴族』として文庫で読み継がれ、今回、『落日の轍《わだち》』にタイトルを改め、再び世に問われることになった。

これはゴーン問題を意識したものにほかならない。「百年に一度」の変革期にある自動車業界にあって、混迷の淵に沈む日産の迷走の轍をたどってみよう。

■「労働貴族」

高杉良には八〇を超す作品群がある。その中で同一テーマで書かれた二作がある。本書と、同じ一九八四年刊行の『破滅への疾走』だ。前者は実名、後者はモデル小説となっている。いずれも一九七〇～八〇年代の日産を舞台に実力社長石原俊《たかし》（一九一二～二〇〇三年）と自動車労連会長塩路一郎（一九二七～二〇一三年）の確執が描かれる。

塩路は一九五三年に日産に入社した。労働組合運動に打ち込み、自動車総連会長、国際労働機関（ＩＬＯ）理事などを歴任した。国際的な視野を持ち、経営や人事にも影響力を持った。七七年に社長に就任した石原が主導した英国進出などをめぐり、経営陣と鋭く対立した。

高杉は取材・執筆の問題意識についてこう話す。

「労働貴族と呼ばれる人たちがいますね。組合といっても昔の組合と違って、企業内組合はまさに会社と一体でしょう。完全に会社と組合のトップが癒着しているから、限りなく労働貴族になっていくわけです。その癒着ぶりをえぐり出したかったのです」（高杉良・佐高信『日本企業の表と裏』）

「取材を進めると、日産の経営をいかに労組が捻じ曲げ蝕《むしば》んでいるか、労組幹部がいかに高待遇を受けて一般の組合員の上に胡座《あぐら》をかいているか、それが分かってきたのです。労務関係の幹部人事はおろか、役員人事にまで介入していたのですから、ひどい話です」（高杉良『男の貌《かお》　私の出会った経営者たち』）

関連会社を含めて二三万人もの組合員を擁し、「天皇」と呼ばれた労組トップが経営戦略や役員人事にまで口を出す。本書で描かれる、石原が労組から支援されていた副社長小牧正幸を退任させる際の二人の緊迫したやりとりは作品全体を貫くモチーフとなる。

「小牧さんの退任を撤回してもらえませんか。そうしていただけたら、組合としてもあなたに全面的に協力できるんですがねえ」

（中略）

「はっきり言わせてもらうが、きみから、こんなさしでがましいことを言われるとは想像だにしなかった。組合に反対されたら、なんにもできなくなる、というようなことがあっては、経営はできないし、経営責任は果たせない」

石原は、怒りに燃える眼で、塩路を鋭くとらえた。

（中略）

「聞いてもらえないんじゃ仕方がないですね。自今一切、あなたに協力することはできません」

■石原VS塩路

塩路は亡くなる前年の二〇一二年、四七七ページからなる『日産自動車の盛衰　自動車労連会長の証言』を出した。冒頭の「失脚」では写真週刊誌に掲載された記事の顚末がつづられる。

〈石原俊氏が日産社長に就任した昭和五十二（一九七七）年以来、私と石原氏の対立はことある毎にマスコミを賑わせたが、そのほとんどが社内の主導権をめぐって労組と経営陣が熾烈な権力闘争をしているというスキャンダルめいた切り口の記事、もしくは金、女にまつわるスキャンダルそのものだった。

われわれの対立が最も喧伝された日産の英国進出に関する労組の反対も、実際は〝明らかに〟会社の経営を危うくする――つまりは組合員の生活を危うくする――ような無謀な海外プロジェクトはやめて欲しいという、労組のトップとして至極あたりまえの提案に過ぎなかった。それが、あたかも私が権力奪取のために、石原氏を窮地に追い込む策謀をめぐらせているかの如く書かれ続ける〉

悔しさが行間から聞こえてくるようだ。著書では「日産迷走経営の真実」として社長の石原が推進した海外プロジェクトの行方が詳述される。米国への小型トラック工場進出、モトール・イベリカ社との資本提携、アルファロメオとの合弁事業、フォルクスワーゲン社との提携などだ。

〈〝歴史を正しく理解する〟という意味で最も重要なことは、四期八年に及ぶ石原氏の社長在任期間もその後も、業績は一貫して下がり続けたことである〉

一方の石原はその後、財界首脳にまで上り詰める。社長時代の一九八〇年に日本自動車工業会会長に就任、八五年から九一年まで務めた経済同友会代表幹事時代には、リクルート事件に揺れる竹下登首相（当時）への「退陣勧告」などを行い、「財界の論客」として名をはせた。

石原、塩路ともにすでにないが、あつれきは今も語り継がれる。二〇一八年にはかつて日産で課長を務めた川勝宣昭《かわかつのりあき》が『日産自動車極秘ファイル２３００枚』を出した。副題は「『絶対的権力者』と戦ったある課長の死闘7年間」だ。当時、塩路の追い落としに奔走した様子がつづられる。今回のゴーン問題に触れ、「今度はゴーン自身が絶対的権力者となって会社を壟断した。巨大組織はなぜ、同じ歴史を繰り返すのか」と問いかけている。

高杉は、石原の塩路との向き合い方にも問題があったと述懐する。

「バランス感覚のある経営者だったが、最悪の方法でハードランディングをやった。役員人事でも主張にしても極端に動かず、時間をおいてうまく相手の顔を立てながらやれば、結果としてもうちょっと違う日産になっていたかもしれない」

日産は前述のとおり海外プロジェクトの失敗が経営の重荷となった。トヨタ自動車に徐々に差を広げられ、シェアを落とした。九〇年代後半には販売不振から倒産寸前の危機に陥り、仏自動車大手ルノーとの資本提携に踏み切った。二〇〇〇年、石原の最高顧問退任とともに社長に就いたのがゴーンだった。

■ゴーンへの疑念

高杉は四〇年を超す作家生活で向日性のある経営者を数多く描いてきた。『小説日本興業銀行』『勁草《けいそう》の人』の中山素平（日本興業銀行元頭取）、『炎の経営者』の八谷《やたがい》泰造（日本触媒創業者）、『燃ゆるとき』の森和夫（東洋水産創業者）、『祖国へ、熱き心を』のフレッド・和田勇らだ。難局を乗り越える行動力、優しく正義感あふれる人柄が読者に勇気を与えてきた。

その一方で「筆誅《ひっちゅう》を加える思い」で描いてきた人物の描写が光る。「取り屋」として政財界にたかる雑誌主幹が主人公の『濁流』、巨大経済新聞の実情を描いた『乱気流』、消費者金融の実態に迫った『欲望産業』などでダーティーな側面をもつ人物を描くと、筆は一段と冴える。

「もう一〇歳若かったらゴーン問題を書いている」。バブル崩壊以降、加速した市場原理至上主義に警鐘を鳴らしてきた分、ゴーン改革に危うさを感じてきたという。

「コストカッターとして改革を断行したのは事実。その一方で人員削減で泣いた人がどれほどいるか。外資の改革者としてメディアは賛美してきたが、今回の不祥事を見ると、いい加減で正体不明の男に振り回され、食い物にされた部分が大きいと感じる。日本が世界に誇れるのは終身雇用であり、丁寧なものづくりだ。その基盤を壊してはならない」

■第三次ブーム

高杉は二〇一九年一月で八〇歳になった。肝臓がん、前立腺肥大、黄斑と眼底出血と相次いで病気に見舞われた。それでも執筆意欲は衰えない。「書いているから元気でいられる」。自伝的作品の『めぐみ園の夏』、米リーマンショックを盛り込んだ『リベンジ』、ITベンチャーに焦点を当てた『雨にも負けず』と次々と連載・出版した。視力が衰えたため現在はルーペを使いながら、自身がかつて在籍した石油化学新聞時代の物語を書いている。『めぐみ園の夏』に続く青春編になるだろう。

ここへきて高杉作品がブームとなっている。『辞令』『出世と左遷（『人事権！』を改題）』『最強の経営者』『懲戒解雇』の文庫新装版などが業界関係者が驚くほどの売れ行きを見せた。『虚構の城』でデビューした一九七五年、映画化されて話題になった『金融腐蝕列島』を刊行した一九九七年、そして現在が第三のブームといえる状況だ。

「三〇年以上前の本がベストセラーになる。時代がいくら変化しても人の気持ちはそんなに変わるものでもないということだと思う」。生きる、働く、暮らす。人の営みに寄り添い、心情をすくい上げた作品は滅びない。

累計二千万部を刊行してきた経済小説作家はいまも同時代と向き合っている。

（文中敬称略）

（神戸新聞播磨報道センター長兼論説委員）

※参考・引用文献
日産自動車調査部編『21世紀への道　日産自動車50年史』一九八三年
日本経済新聞社編『日産はよみがえるか』一九九五年、日本経済新聞社
高杉良・佐高信『日本企業の表と裏』一九九七年、角川書店
塩路一郎『日産自動車の盛衰　自動車労連会長の証言』二〇一二年、緑風出版

佐藤正明『日産　その栄光と屈辱―消された歴史　消せない過去』二〇一二年、文藝春秋
高杉良『男の貌《かお》　私の出会った経営者たち』二〇一三年、新潮新書
川勝宣昭『日産自動車極秘ファイル2300枚　「絶対的権力者」と戦ったある課長の死闘7年間』二〇一八年、プレジデント社
井上久男「日産分裂　悪いのはゴーンだけか」『文藝春秋』二〇一九年二月号
ほかに、新聞記事、インターネットサイトの記事などを参照した。

文庫本　一九八六年六月　講談社文庫
　二〇〇五年八月　徳間文庫
文春文庫化にあたり、『労働貴族』を
改題、加筆修正しました。
DTP制作　エヴリ・シンク

文春文庫

落《らく》日《じつ》の轍《わだち》
小《しょう》説《せつ》日《にっ》産《さん》自《じ》動《どう》車《しゃ》

定価はカバーに
表示してあります

2019年３月10日　第１刷

著　者　高《たか》杉《すぎ》　良《りょう》

発行者　花田朋子
発行所　株式会社　文藝春秋

東京都千代田区紀尾井町 3-23　〒102-8008
ＴＥＬ　03・3265・1211㈹
文藝春秋ホームページ　http://www.bunshun.co.jp

落丁、乱丁本は、お手数ですが小社製作部宛お送り下さい。送料小社負担でお取替致します。

印刷製本・凸版印刷

Printed in Japan
ISBN978-4-16-791246-8

（　）内は解説者。品切の節はご容赦下さい。

小路幸也
そこへ届くのは僕たちの声
多発する奇妙な誘拐事件と、不思議な能力を持つ者がいるという噂。謎を追ううちにいきついた存在「ハヤブサ」とはいったいなんなのか。優しき心をもつ子供たちを描く感動ファンタジー。
し-52-4

瀬尾まいこ
強運の持ち主
元OLが〝ルイーズ吉田〟という名の占い師に転身！　ショッピングセンターの片隅で、小学生から大人まで、悩める背中をちょっとだけ押してくれる。ほっこり気分になる連作短篇。
せ-8-1

瀬尾まいこ
戸村飯店　青春１００連発
大阪下町の中華料理店で育った兄弟は見た目も違えば性格も全く違う。人生の岐路にたつ二人が東京と大阪で自分を見つめ直す。温かな笑いに満ちた坪田譲治文学賞受賞の傑作青春小説。
せ-8-2

高野和明
幽霊人命救助隊
神様から天国行きを条件に、自殺志願者百人の命を救えと命令された男女四人の幽霊たち。地上に戻った彼らが繰り広げる怒濤の救助作戦。タイムリミット迄あと四十九日——。（養老孟司）
た-65-1

高杉　良
炎の経営者
戦時中の大阪で町工場を興し、財界重鎮を口説き、旧満鉄技術者をスカウトするなど、持ち前の大胆さと粘り腰で世界的な石油化学工業会社を築いた伝説の経営者を描く実名経済小説。
た-72-1

高杉　良
広報室沈黙す
世紀火災海上保険の内部極秘資料が経済誌にスクープされた。対応に追われた広報課長の木戸は、社内の派閥抗争に巻き込まれながら、中間管理職としての生き方に悩む。（島谷泰彦）
た-72-2

高杉　良
勁草の人　中山素平
日本興業銀行頭取・会長などを歴任、戦後の経済を、そして国を支えた「財界の鞍馬天狗」。時代を画する案件の向こうには必ず彼がいた。勁く温かいリーダーを描く。（加藤正文）
た-72-4

（　）内は解説者。品切の節はご容赦下さい。

高杉　良
辞令
大手メーカー宣伝部副部長の広岡修平に、突然身に覚えのない左遷辞令が下る。背後に蠢く陰謀の影。敵は同期か、茶坊主幹部か、それとも……。広岡の戦いが始まる！（加藤正文）
た-72-5

筒井康隆
壊れかた指南
猫が、タヌキが、妻が、編集者が壊れ続ける！　ラストが絶対読めない、天才作家の悪魔的なストーリーテリングが堪能できる短篇集。（福田和也）
つ-1-15

筒井康隆
繁栄の昭和
迷宮殺人の現場にいた小人、人工臓器を体内に入れた科学探偵、ツツイヤスタカを想起させる俳優兼作家……。奇想あふれる妖しげな世界！　文壇のマエストロ、最新短篇集。（松浦寿輝）
つ-1-18

辻原　登
遊動亭円木
真打ちを目前に盲《もう》となった噺家の円木、池にはまって死んだはずが……。うつつと幻、おかしみと残酷さが交差する、軽妙で冷やりと怖い傑作人情噺十篇。谷崎潤一郎賞受賞。（堀江敏幸）
つ-8-4

辻　仁成
ＴＯＫＹＯデシベル
騒音測定人、テレクラ嬢、レコード会社ディレクター……都会に潜む音・声、そして愛を追い求める人々。音をモチーフに、都市をさまよう青年の真情を描破した辻仁成・音の三部作完結。
つ-12-4

辻　仁成
永遠者
19世紀末パリ、若き日本人外交官コウヤは踊り子カミーユと激しい恋に落ちる。〈儀式〉を経て永遠の命を手にいれた二人は激動の歴史の渦に呑み込まれていく。渾身の長篇。（野崎　歓）
つ-12-7

辻村深月
水底フェスタ
彼女は復讐のために村に帰って来た——過疎の村に帰郷した女優・由貴美。彼女との恋に溺れた少年は彼女の企みに引きずり込まれる。待ち受ける破滅を予感しながら…。（千街晶之）
つ-18-2

（　）内は解説者。品切の節はご容赦下さい。

辻村深月
鍵のない夢を見る
どこにでもある町に住む女たち――盗癖のある母を持つ娘、婚期を逃した女の焦り、育児に悩む若い母親……私たちの心にさしこむ影と、ひと筋の希望の光を描く短編集。直木賞受賞作。
つ-18-3

津原泰水
たまさか人形堂それから
マーカーの汚れがついたリカちゃん人形はもとに戻る？　髪が伸びる市松人形？　盲目のコレクターが持ち込んだ人形の真贋は？　人形と人間の不思議を円熟の筆で描くシリーズ第二弾。
つ-19-2

堂場瞬一
虚報
有名教授が主宰するサイトとの関連が疑われる連続自殺事件。それを追う新聞記者がはまった思わぬ陥穽。新聞報道の最前線を活写した怒濤のエンターテインメント長編。　（青木千恵）
と-24-4

中島らも
永遠《とわ》も半《なか》ばを過ぎて
ユーレイが小説を書いた？　三流詐欺師が写植技師と組み出版社に持ち込んだ謎の原稿。名作の誕生だ。これが文壇の大事件となって……。輪舞する喜劇。痛快らもワールド！　（山内圭哉）
な-35-1

中島京子
小さいおうち
昭和初期の東京、女中タキは美しい奥様を心から慕う。戦争の影が濃くなる中での家庭の風景や人々の心情。回想録に秘めた思いと意外な結末が胸を衝く、直木賞受賞作。　（対談・船曳由美）
な-68-1

中島京子
のろのろ歩け
台北、北京、上海。ふとした縁で航空券を手にし、忘れられぬ旅の光景を心に刻みこまれる三人の女たち。人生のターニングポイントにたつ彼女らをユーモア溢れる筆致で描く。　（酒井充子）
な-68-2

七月隆文
天使は奇跡を希《こいねが》う
良史の通う今治の高校にある日、本物の天使が転校してきた。正体を知った彼は幼馴染たちと彼女を天国へかえそうとするが。天使の嘘を知った時、真実の物語が始まる。文庫オリジナル。
な-75-1

（　）内は解説者。品切の節はご容赦下さい。

額賀　澪
屋上のウインドノーツ
引っ込み思案の志音は、屋上で吹奏楽部の部長・大志と出会い、人と共に演奏する喜びを知る。目指すは「東日本大会」出場！圧倒的熱さで駆け抜ける物語。松本清張賞受賞作。（オザワ部長）
ぬ-2-1

乃南アサ
新釈　にっぽん昔話
大人も子どもも楽しめる、ユニークな昔話の誕生です。「さるかに合戦」「花咲かじじい」など、誰もが知る六つのお話が、誰も読んだことのない極上のエンタテインメントに大変身！
の-7-11

林　真理子
最終便に間に合えば
新進のフラワーデザイナーとして訪れた旅先で、7年ぶりに再会した昔の男。冷めた大人の孤独と狡猾さがお互いを探り合う会話に満ちた、直木賞受賞作を含むあざやかな傑作短編集。
は-3-38

林　真理子
下流の宴
中流家庭の主婦・由美子の悩みは、高校中退した息子が連れてきた下品な娘。「うちは〝下流〟になるの!?」現代の格差と人間模様を赤裸々に描ききった傑作長編。（桐野夏生）
は-3-39

林　真理子
最高のオバハン
中島ハルコの恋愛相談室
中島ハルコ、52歳。金持ちなのにドケチで口の悪さは天下一品。嫌われても仕方がないほど自分勝手な性格なのに、なぜか悩み事を抱えた人間が寄ってくる。痛快エンタテインメント！
は-3-51

馳　星周
生誕祭（上下）
バブル絶頂期の東京。元ディスコの黒服の堤彰洋は地上げで大金を動かす快感を知るが、裏切られ、コカインとセックスに溺れていく。人間の果てなき欲望と破滅を描いた傑作。（鴨下信一）
は-25-4

馳　星周
復活祭
八〇年代バブルに絶頂と転落を味わった男たちが、ITバブルに復活を賭ける。しかし、かつて裏切った女たちの復讐劇も進行していた。このコンゲームを勝ち抜くのは誰か？（吉野　仁）
は-25-8